4
Tohno Konoe
遠野九重
異世界で手に入れた
生産スキルは
最強だったようです。
～創造&器用の
W《ダブル》チートで無双する～

レティシア
レリック
スララ

高坂コウ
アイリス
ミリア
リリィ

「まだまだ続けるぞ。
――4回目だ」
魔導エンジンに魔力を追加供給する
装置へ、俺は魔術師658人分のMP
を送り込んだ。
直後、水晶玉から、目が眩むほどの
輝きが放たれる。
「あわわわ、入れすぎ！
入れすぎだよ！」

CONTENTS

プロローグ

レティシアの仮説を聞いてみた。

レティシア・ディ・メテオールは、俺がフォートポートの街に向かう途中で出会った女性だ。

煌《きら》めくような長い金色の髪に、緑色を基調とした品のいいドレス。

整った外見もあいまって、ジッとしていれば『深窓の令嬢』という言葉がよく似合うのだが、実際は拳ひとつで悪をぶちのめす武闘派のお嬢さんだ。

そんな彼女は、災厄のひとつ――『赫奕《かくやく》たる傲慢竜《ごうまんりゅう》』の生まれ変わりでもある。

けれどレティシアとしては世界を滅ぼすつもりはなく、むしろ災厄としての力をうまく使って人助けをしつつ、あちこちを旅しているようだ。

旅の目的は、弟にあたる『煌々《こうこう》たる強欲竜』を探すことらしいが――


レティシアは蒼《あお》色の瞳でこちらを見上げながら言った。

俺こそがその『煌々たる強欲竜』である、と。


「……本気か？」

俺は内心で驚きを感じながら問いかける。

「冗談ってわけじゃないよな」

「ええ、わたくしは真面目に言っていますの。【アイテムボックス】の紋章、規格外の成長と活躍、誰も彼もを救おうとする高潔な強欲さ——状況証拠ばかりですが、コウ様が『煌々たる強欲竜』であることは間違いないと考えていますわ」

そう告げるレティシアの瞳には、強い確信の色が宿っていた。

ここは宿の横にある展望台だ。

夜空には満月が浮かび、俺たちを静かに照らしていた。

「強欲竜は本来、この世界に死と破壊を齎《もたら》す災厄として召喚されるはずでしたの。けれども、優しいあの子がそれを受け入れるはずがありません。きっと与えられた役割に逆らうために【覚醒】を発動させたのでしょう」

【覚醒】。

それは強欲竜の持つ固有能力であり、常識の枠を飛び越え、規格外の変化、進化、あるいは成長を引き起こすという。

「結果、あの子はまったく別の世界で『コウ・コウサカ』という人間に生まれ変わることで災厄としての役割を完全に拒絶した。その後、何らかの偶然、あるいは自らの意志で【転移者】になってこの世界にやってきた。……わたくしはそう考えていますの」

「なるほど、な」

レティシアの仮説には強引なところもあるが、かといって否定できる明確な証拠があるわけでもない。

俺の正体が強欲竜だと仮定するなら、この規格外の力の数々にも説明がつくしな。

「コウ様は自分がただの人間であると思い込んでいるようですが、いずれ記憶が蘇《よみがえ》って、すべてを正しく理解できるはずですわ。……わたくしたちが、姉弟であることも」

レティシアは優しげな、慈しむような微笑《ほほえ》みを浮かべた。

そして、こちらに一歩近づくと、右手を伸ばして俺の頬《ほお》に触れた。

これがアニメやマンガなら、姉であるレティシアのぬくもりを感じることで過去の記憶を取り戻す……みたいな展開になるのだろう。

ただ、残念ながら俺の心にそういった変化は起こらなかった。

実際のところ、どうなんだろうな。

俺に前世なんてものがあって、しかもそれがレティシアの弟にあたる存在だというのは本当なのだろうか。

【フルアシスト】が正常に稼働していたら真実を教えてくれたかもしれないが、火山を鎮火させてからというもの、セーフモードのままになっている。頭の中に聞こえてくるのは、レベルアップなど、必要最低限のアナウンスだけだ。

心の中で「俺の正体は強欲竜なのか？」と問いかけてみたが、やはり答えは返ってこなかった。

さて、どうしたものかな。

「焦ることはありませんわ。わたくしと同じように、思い出すべき時が来れば、自然と思い出すはずですもの」

そう語るレティシアの表情は、包み込むように柔らかなものだった。

姉、か。

一人っ子の俺としては、正直、憧れがないわけでもない。

「ひとまず、コウ様が記憶を取り戻すまでは今までと同じように、一人の仲間として接することにいたしますわ。押しつけがましいのは、あまり好きではないでしょう？」

「……まあ、そうだな」

「だと思いましたわ」

レティシアは右手を自分の口に当てると、クスクスと笑った。

「大切な弟のことですもの。ちゃんと理解していますわ」

「じゃあ、俺がこれからどうするかも分かっている、ってことか」

「えっ？」

第一話　皆に相談してみた。

「――というわけで、俺もレティシアと同じで、災厄の生まれ変わりかもしれない」

翌朝。

俺は部屋に皆を集めると、昨夜の会話についてザッと説明した。

もちろんレティシアもこの場に同席しているが、俺の行動に目を丸くしていた。

「まさか、こんな軽々と周囲に明かすとは思っていませんでしたわ……」

「今回に限って言えば、自分ひとりで情報を抱え込んでおくメリットはないからな」

情報共有の重要性については、イヤというほどよく知っている。

日本で社会人をやっていたころは、チームを率いて炎上案件の解決に携わっていたが、メンバー間の風通しの良さに救われたことは一度や二度じゃない。

「というか、レティシアだって俺と同じだろう。初対面でいきなり自分は災厄だ、なんて明かしてきたじゃないか」

「確かにそうよね」

俺の右隣でアイリスが頷《うなず》いた。

「そのあたりも含めて、コウとレティシアって似た者姉弟って感じよね」

「わたくしが最初に自分の素性を明かしたのは、隠しておくことにさほど意味がないからですわ」

「つまり『情報を抱え込んでおくメリットがない』ってことよね。やっぱり似た者姉弟じゃない」

アイリスはそう指摘すると、クスクスと笑った。

その表情は普段どおりのもので、何気なく俺に向けられる視線も昨日までと変わらず温かい。

「コウ様が災厄かもしれないと知っても、アイリス様は変わりませんのね」

「だって、コウはコウでしょう？　災厄だろうと何だろうと、あたしにとってはそれで十分よ」

アイリスはそう言い切ると、わずかに左肩を俺のほうに預けてきた。

ほんの小さな動きだが、それだけで彼女の気持ちは十分に伝わってくる。

俺も少しだけ、アイリスのほうに身を寄せて無言のうちに答えを返した。

しばらく温かな気持ちに浸っていると、向かいのソファに座って（？）いたスララがぴょんと俺の膝に飛び乗ってきた。

「ぼくもマスターさんの味方だよ！　ふふん！」

すりすり。

スララは俺の右腕に頬擦《ほおず》りしていたが、やがて「あっ！　ぼく、ひらめいちゃった！」と声をあげた。

いったい何を思いついたのだろう。

「ぼくが地下都市の外に出られたのは、マスターさんの【覚醒】のおかげなのかも」

「そのあたりは、何とも言えないな」

本来、おせわスライムは地下都市から出られないように制限がかけられていた。

地下都市のシステムを書き換えることにより、スララは例外として扱われるようになったわけだが、今になって振り返ると、あまりにも都合のよすぎる展開だ。

もしかすると俺は無意識のうちに【覚醒】を発動させ、地下都市のシステムに変化を促していたのかもしれない。

そこまで考えたところで、ふと、真向かいに座るリリィがずっと黙り込んでいることに気づいた。

俺が災厄かもしれないと知って、ショックを受けているのだろうか。

「リリィ、大丈夫か」

「……すみません。少し、考え事をしていました」

そう言ってリリィは俺のほうに視線を向ける。

「コウさんがこの世界の方ではないことは以前から【予知夢】で知っていました。でも……」

「災厄の生まれ変わりである可能性については初耳だった、ってことか」

「はい。……少し、話をさせてください。コウさんにも関係のあることです」

「ああ、もちろんだ。言ってくれ」

「ありがとうございます」

リリィは座ったままペコリと頭を下げると、あらためて口を開いた。

「ご存じとは思いますが、わたしは、戦神教の神官です。戦神教はその名前のとおり、戦神ウォーデンを信仰しています。……遠い昔、戦神ウォーデンは災厄からこの世界を守るために戦った、と言われています」

「戦神と災厄は敵対関係にある、ってことか」

「そうです。だからコウさんが災厄であるなら、戦神ウォーデンの、ひいては戦神教の敵ということになります」

「ちょっと待って」

割り込むようにアイリスが声をあげた。

「コウが戦神の敵なら、どうして神器を扱えるの？　おかしいわよね」

言われてみれば確かにそのとおりだ。

神器とは戦神ウォーデンの力を宿した武器のことであり、魔剣グラム、ユグドラシルの弓、そして無銘の聖槍《せいそう》の三つが存在する。

聖槍については【創造】によって別の槍《やり》に生まれ変わってしまったのでさておき、俺はこれまで数々の激闘をグラムと一緒に乗り越えてきたし、暴食竜との戦いや火山の鎮火にあたってはユグドラシルの弓にも助けられている。

「そういえば」

ポツリ、とレティシアが呟《つぶや》く。

「コウ様は戦神の後継者かもしれない、とリリィ様は仰《おっしゃ》っていたような」

「はい。確かに言いました」

リリィはコクリと頷き、さらに話を続ける。

「レティシアさんが考えているように、強欲竜が災厄としての役割を拒絶して人間に転生したと仮定するなら、コウさんが神器を扱えることも、戦神の後継者に選ばれることも不思議ではありません。ただ、もしかすると……」

ん？

なぜかリリィは途中で口を噤《つぐ》み、そのまま押し黙ってしまう。

「何か言いにくいことでもあるのか？」

「コウさんは暴食竜の【空間支配】を手に入れて、自分のものにしていますよね。それと同じで、強欲竜の力を宿しているだけ、という可能性はありませんか」

「……否定はできないな」

そしてその場合、俺はレティシアの弟ではない、ということになる。

なるほどな。

リリィが自分の考えを言いづらそうにしていたのは、レティシアに気を遣ってのことだったのだろう。

「確かに、リリィ様の意見も一理ありますわね」

レティシアは気分を悪くした様子もなく、穏やかな表情のまま頷いた。

「コウ様のお人好しで善良な性格はわたくしの弟そっくりですけれど、偶然の一致という可能性もありますもの」

うーん。

レティシアの仮説、つまり『強欲竜が日本で人間に転生したあと、【転移者】としてこの世界に召喚された』というのはちょっと強引に思えるが、とはいえ、俺と強欲竜の性格がよく似ているのを偶然で片付けるのもスッキリしない。

まあ、結論を急ぐことはないだろう。

旅を続けていくうちに新たな情報が手に入るかもしれない。

現状としては、お互いに情報を共有できただけで十分、としておこう。

「あの」

話を終えようとしたところで、リリィが口を開いた。

「もしもレティシアさんの意見が正しくて、コウさんが災厄の生まれ変わりだったとしても、これまでたくさんの人を救ってきたことは確かです。今後、戦神や戦神教がコウさんと対立するのであれば、頑張って説得します。だから、その……、心配しないでください」

「ありがとうな、リリィ」

先ほど『戦神と災厄は敵対している』という話題が出たから、彼女なりにフォローを入れてくれたのだろう。

俺は温かい気持ちになりながら、ぽんぽん、とリリィの頭を撫でた。

そうして話が一段落したところで、俺たちは宿を出た。

現在、俺たちは王都に向けて旅をしているわけだが、先日の海賊騒ぎのせいでフォートポートから出る船はストップしたままだ。

王都に行くのであれば、自力で海を渡る必要がある。

手持ちの船としてはエクシード・クルーザーがあるものの、長距離の航海には向かない。

ならば、どうするか。

ここで役に立つのが、先日、海賊たちから奪った古代の超巨大戦艦――オリハルコンロックスだ。

俺とレティシアが暴れ回ったせいで船のあちこちが壊れてしまっているが、それは問題ない。

今から【創造】を使って、もっと高性能な船に作り直すからな。

というわけで、俺たちは坂を下り、港へと向かった。

西側の一角には、巨大な城塞《じょうさい》にも似た戦艦が停泊している。

これこそがオリハルコンロックスだ。

近くには若手の冒険者たちが五人、真剣な表情を浮かべて立っている。

古代兵器が悪人の手に渡ったら大変だから、ということもあり、冒険者ギルド・フォートポート支部のジェス支部長が見張りを手配してくれたのだ。

ありがたい話だよな。

俺たちがオリハルコンロックスに近づいていくと、冒険者の一人が声をかけてくる。

「すみません。ここは関係者以外立ち入り禁止で……って、《竜殺し》さん!?」

「ああ、そのとおりだ。念のために確認なんだが、俺は関係者だよな」

「も、もちろんです！　どうぞお通りください！　……あと、握手していただいてよろしいですか。実はオレ、ファンなんです！」

「……そうか」

俺はぶっきらぼうに答えつつ、右手を差し出した。

握手を終えてオリハルコンロックスのすぐ近くに来たところで、アイリスがいたずらっぽい調子で言った。

「コウ。さっき照れてたでしょ」

「まあ、な。……悪いか？」

「ううん。可愛《かわい》いと思うわ」

アイリスは口元に手を当ててクスクスと笑う。

「あんまりからかわないでくれ」

「ふふっ、ごめんなさい。今も照れてる？」

「……ノーコメントだ」

俺はばつが悪くなってアイリスから視線を逸《そ》らす。

あれ？

今さら気づいたが、レティシアとリリィ、そしてスララの三人（二人と一匹？）は少し離れたところから俺たちのことを眺めていた。

その視線は、やけに生暖かい。

「皆、どうしてそんな遠くにいるんだ？」

「お気になさらず。わたくし、壁か床になったような気持ちでお二人の世界を眺めているだけですので。リリィさんもそうですわよね」

「はい。私たちのことは、気にしないでください」

「ぼくは壁だよー」

スララはそう言うと、まるい身体を少し縦長にした。

それは壁というより柱ではないだろうか。

……まあいい。

とりあえず、船の【創造】に取りかかろう。

俺は右手を伸ばし、オリハルコンロックスに触れる。

すると脳内にレシピが浮かんだ。

素材は二種類だ。

オリハルコンロックスと、マホロス島で手に入れた大量のオリハルコン原石。

これらを組み合わせることにより、空飛ぶ船を生み出すことができるらしい。

俺は意識を集中させ、【創造】を発動させる。

オリハルコンロックスを包むようにして黄金色の閃光《せんこう》が広がる。

そうして新たに現れたのは、左右に鳥のような大きな翼を持つ飛空艇だった。

飛空艇ブラズニル：コウ・コウサカの【創造】によって生み出された大型の飛空艇。豪華客船としての乗り心地だけでなく、自衛のための戦闘能力を兼ね備えており、どのようなトラブルが起ころうとも乗客を目的地まで安全に送り届けることができる。

付与効果：《飛翔《ひしょう》S＋》《永久機関S＋》《空間歪曲《わいきょく》EX》《おせわスライム召喚EX》

飛空艇のフォルムは曲線的で、優美な美しさを湛《たた》えている。

その姿に、俺だけでなくアイリスたちもしばらく無言で見惚《みと》れていた。

……おっと。

ぼーっとしていないで、性能を確認しようか。

ブラズニルには《飛翔S＋》が付与されており、それによって船体は宙に浮いている。

現在は海面から十メートルほどのところで滞空しているが、その気になれば数万メートルの高度まで上昇が可能らしい。

サイズとしては、素材となったオリハルコンロックスの半分ほど、全長百メートルといったところか。ただし《空間歪曲EX》の効果により、内部の広さは見た目の五倍以上はある。

他に注目すべき付与効果としては《おせわスライム召喚EX》か。

空間を捻《ね》じ曲げることでオーネンの地下都市とブラズニルを〝繋《つな》げ〟、おせわスライムを船の乗組員として召喚できる。

おせわスライムに囲まれての空の旅……。

それはきっと至れり尽くせりの優雅な時間になるだろう。

今から楽しみだな。

周囲に視線を向ければ、他の皆は呆気《あっけ》に取られた表情でブラズニルを見上げていた。

「浮いてる……」

アイリスは目を丸くしながら呟いた。

「もしかして、これ、飛ぶの……？」

「ああ。そうらしいな」

「相変わらず、コウの作るものは規格外ね……。空を飛ぶ船なんて、あたし、他に知らないわ」

「鳥のような翼が素敵ですわね。わたくし、絵心を刺激されてしまいますわ」

レティシアは、はう、とため息を漏らすと【ストレージ】からペンとスケッチブックを取り出し、ブラズニルのスケッチを始めた。

その足元ではスララが「とりさんのふねー♪　ぱたぱたー♪」と歌いながらピョコピョコとはしゃぎ回っている。

「コウさん」

気づくと、すぐ近くにリリィが来ていた。

「この船の名前は、何ですか？」

「【鑑定】によると、飛空艇ブラズニル、というらしい」

「……やっぱり」

「どうしたんだ？」

俺がそう問いかけると、リリィは真剣な表情でこちらを見上げた。

「戦神教の伝承によると、戦神ウォーデンはブラズニルという名前の、空に浮かぶ船を所有していたそうです。ですが、災厄との戦いで失われてしまった、と」

「つまり、俺は【創造】でウォーデンの持っていた船を再現した、ってことか？」

「かもしれません。それから、ブラズニルは『空間を折りたたむ力』を持っていたそうです。……心当たりは、ありませんか」

「……ないわけじゃ、ないな」

ブラズニルの付与効果――《空間歪曲ＥＸ》。

これはまさに『空間を折りたたむ力』というべきものだ。

俺がそれを説明すると、リリィはさらにこう告げた。

「戦神ウォーデンは遠い昔、災厄との戦いで深手を負ったそうです。今は長い眠りにつきながら、後継者の出現を待っている、と。……コウさんの手元には神器だけでなく、勇ましき戦士たちの魂を呼び出すためのギャラルホルン、そして空に浮かぶ船であるブラズニルが揃《そろ》っています。いずれ、戦神ウォーデンと対面する日が来るかもしれません」


戦神のことは気になるが、出会うべき時がくれば出会うことになるだろう。

先のことを考え始めたらキリがないからな。

俺は皆を連れて、ブラズニルの内部を見て回ることにした。


フォートポートの港は一度、海賊たちによって徹底的に破壊されている。

その後、俺が【創造】によって修復を行ったわけだが、素材にデビルトレントの根を使ったことで《タラップ形成ＥＸ》という便利な効果が付与されている。

「それじゃあ、ブラズニルに乗り込むか」

俺の発言に応えるようにして足元からシュルシュルとデビルトレントの根が伸び、ブラズニルの甲板に続く階段となった。

それを見てアイリスが言った。

「船に合わせて階段を作ってくれるのって、すごく便利よね」

「地元の漁師の話じゃ、荷運びも手伝ってくれるらしいぞ」

なんでも、デビルトレントの根がクレーンのアームみたいな形になって、重い荷物を運び込んでくれたらしい。

人々の暮らしを脅かす存在だったデビルトレントが、【創造】によって誰かの役に立っている。

そう考えると、なんだかちょっと面白いよな。

ちなみにこの話を聞かせてくれた漁師は「仕事を楽にしてくれた礼だ！　とっときな！」と言って、フォートポート名物の砂丘ワインを置いていった。奥さんの実家がブドウ農家をやっているとか。そのうち時間を見つけてゆっくり味わいたいところだ。

俺たちは階段を上ってブラズニルの甲板に降り立つと、そのまま船内に足を踏み入れた。

廊下は広く、いたるところにフカフカの絨毯《じゅうたん》が敷かれている。

客室はどれもスイートルームになっており、船内施設としてレストランやバー、さらにはカジノまで用意されていた。

「本当に豪華ね……」

アイリスがしみじみと呟く。

「コウと出会ってから、ずっと贅沢《ぜいたく》をさせてもらってばっかりね。……もう、昔みたいな生活には戻れない気がするわ」

「別に、戻らなくてもいいんじゃないか？」

「それもそうね」

俺の言葉に、アイリスは微笑を浮かべながら頷いた。

どうでもいいんだが、少し離れたところではレティシアがこちらをチラ見しながら「仲良きことは美しきかな、ですわね。壁床、壁床」などと呟いていた。

壁床ってなんだ……？

俺が首を傾《かし》げていると、リリィが声をかけてくる。

「あの、コウさん。ひとつ訊《き》いてもいいですか」

「もちろんだ。どうした？」

「こんなに大きな船を動かすなら、乗組員もそれなりの数が必要になると思います。……フォートポートで、募集するんですか？」

「いや、それには及ばない。ブラズニルには、便利な効果が付与されているからな」

俺はリリィの質問に答えつつ、船の中央部にある指令室に向かった。

そこは学校の教室ほどの広さの場所で、オリハルコンロックスと同じく、壁際にはピカピカと輝くモニターや、複雑な形状のレバーやボタンの取り付けられた装置が並んでいる。

ブラズニルのメインシステムとの連携が確立しました。


ほどなくして、脳内に声が響いた。

それは【フルアシスト】のものだが、現在もセーフモードにあるため、口調は淡々としている。

いかにも『システムメッセージ』といった雰囲気で、俺としては一抹の寂しさを感じずにはいられない。


ブラズニルの《空間歪曲EX》は正常に作動しています。

《おせわスライム召喚EX》を使用しますか?


これが乗組員の問題を解決する方法だ。

――《おせわスライム召喚ＥＸ》。

本来なら、おせわスライムは地下都市の外に出ることができない。

だが、この付与効果を使うことにより、例外的に召喚が可能となる。

原理としては《空間歪曲ＥＸ》のちょっとした応用で、地下都市とブラズニルの内部を連結して「船内も地下都市の一部である」という扱いにしているようだ。

なかなかの力技だな……。

まあ、とにかく実際にやってみよう。

《おせわスライム召喚ＥＸ》の発動を念じると、次の瞬間、指令室のあちこちでポン、ポン、ポン、と煙が弾《はじ》けた。

そして煙の中から、まるくてぷにぷにした生物が飛び出してくる。

「ぼくたちが来たよ！」

「呼ばれたから、飛び出したよ！」

「じゃじゃじゃじゃーん！」

もはや説明の必要はないだろう。

古代文明の生み出した魔導生物、おせわスライムだ。

「わあ！　みんな、おひさしぶりだね！」

スララは喜びの声をあげると、他のおせわスライムたちのところへ向かっていく。

「会えてうれしいよー！」

「ぼくたちもだよー！」

「わーいわーい！」

「マスターさんのおかげだね！」

スララとおせわスライムたちは、互いに身体をぷにぷにと寄せ合いながら再会を喜んでいる。

なかなかに和む光景だ。

おせわスライムたちが召喚された場所は、ブラズニルの指令室だけじゃない。

船内のありとあらゆる場所におせわスライムが姿を現し、船のスタッフとして働き始めた。

「ぼくは客室のおそうじをするよ！　きゅっ！　きゅっ！」

「キッチンでお料理をつくるぞー！」

「カジノでディーラーさんを始めたよ！　マスターさん、あそびにきてね！」

気がつけば、あっというまにブラズニルの船内はにぎやかになっていた。

どこを見ても、おせわスライムたちがピョコピョコと飛んだり跳ねたりしながら、楽しそうに働いている。

「おせわスライムって、こんなにたくさんいたんですね……！」

リリィが眼《め》をキラキラと輝かせながら呟いた。

まあ、当然の反応だよな。

これまでリリィが見たことのあるおせわスライムはスラだけで、しかもスラのことをやけに気に入っているらしく、頻繁に膝の上に抱きかかえている。

現在のブラズニルは四方八方、どこを向いてもおせわスライムだらけなので、リリィにとっては夢のような環境だろう。

俺がそんなことを考えていると、リリィのところに何匹ものおせわスライムが集まってくる。

「リリィおねえちゃん、はじめまして！」

「いつもスラがおせわになっています！」

「ぼくたちとも、なかよくしてね！」

「……はい！」

リリィが嬉《うれ》しそうにそう答えると、おせわスライムたちは大喜びでリリィに飛びついた。

たくさんのおせわスライムたちにもみくちゃにされるリリィは、至福の表情を浮かべている。

「リリィおねえちゃん！　ぼくも仲間に入れてほしいよ！」

お、スララだ。

コロコロと床を転がりながら助走をつけると、ピョン、と飛び跳ねてリリィの腕の中へと納まる。

「ふふん！　ここはぼくの場所だよ！」

確かに、スララの定位置って感じがあるよな。

俺がひとり納得していると、足元で一匹のおせわスライムがピョコンと飛び跳ねた。

「マスターさん！　マスターさん！　おひさしぶりだから、なでてほしいよ！」

「これでいいか？」

ぽん、ぽん。

「わーい！　ありがとう！」

「マスターさん、ぼくもー！」

また別のおせわスライムが声をあげる。

「あっ、いいなー！」

「ぼくもなでてー」

「むしろぼくがマスターさんをなでるよー！　マスターさんは頑張り屋さんだからねー！」

おおっと。

気がつくと、俺も俺で大勢のおせわスライムに囲まれていた。

「コウったら、人気者ね」

近くにいたアイリスがクスクスと笑う。

「アイリスおねえさんが油断してるよ！」

「よーし、かこめかこめー」

「ぷにぷにしてやるー」

こうして俺、アイリス、リリィはしばらくのあいだおせわスライムたちによってぷにぷに（？）されることになった。


やがて魅惑のぷにぷにタイムが終わったところで、俺はふと気づく。

……レティシアはどこに行ったんだ？

周囲のおせわスライムたちに訊《たず》ねてみると、レティシアはどうやら船内のカフェにいるらしい。

カフェは船の先端部にあり、なかなか見晴らしがいいそうだ。

よし、ちょっと行ってみるか。

というわけで、俺はアイリスとリリィ、そしてスララを連れてカフェに向かう。

そこでは付けヒゲをしたおせわスライムが、キュッキュッとグラスを拭いていた。

喫茶店の店主役になりきっているのだろう。

おせわスライムって、わりと形から入りたがるところがあるよな。

店内はガラス張りになっており、太陽に照らされてキラキラと輝く大海原を一望できる。

レティシアは……あっちだな。

優雅にコーヒーカップを傾けながら、一匹のおせわスライムと話をしている。

レティシアは俺たちの存在に気づくと、小さく右手を振った。

「コウ様、どうしましたの？」

「気づいたらいなくなっていたからな。探しに来たんだ」

「ごめんなさい、ちょっと船内を探検していましたの。今はこの子とお話ししていましたわ」

レティシアはそう言って、向かい側のソファに座っているおせわスライムに視線を向けた。

そのおせわスライムは、まんまるな眼鏡をかけている。

見覚えのある姿だな。

「もしかして、めがねスライムか？」

「正解だよ。マスターさん、覚えててくれて嬉しいな」

めがねスライムは、もともとオーネンの地下都市の、封印された深層領域の管理を行っていた。

俺に黒竜の存在を教え、さらには古代の保管庫まで案内してくれた。

そのおかげでグラムや竜神の盾などが手に入り、結果、俺はオーネンの危機を救うことができた。

そういう意味じゃ、縁の下の力持ちというか、陰の功労者だよな。

「レティシア。めがねスライムと何の話をしていたんだ？」

「コウ様の、オーネンでの活躍についてですわ。黒竜を討伐したことは噂《うわさ》で知っていましたけど、かなり大変な戦いだったみたいですわね」

「まあ、そうだな」

「街の住民全員を地下に避難させた、という話も聞きましたわ。……罪のない人々の命をすべて守ろうとしたのでしょう？　本当に、コウ様はどこに行ってもコウ様ですのね」

「確かにコウって、そういうところがあるわよね」

隣で、アイリスが腕組みしながら頷いた。

「完璧主義っていうのかしら。それをきっちり成し遂げているのは、立派なことよね」

「俺はただ、自分の手が届く範囲で守れるものを守っているだけだよ」

「その範囲が、街全体に及んでいるのは、すごいことだと思います」

「マスターさんの手は、おっきいんだね！」

リリィに続いて、スララが無邪気な様子で言った。

手が大きい、か。

俺はふと、自分自身の手に視線を向ける。

日本にいたころは、俺の手なんて、パソコンのキーボードを叩《たた》く程度のことしかできなかった。

けれども今は、色々なことができる。

剣を握って魔物や災厄を倒したり、あるいは【創造】で港を修復したり、噴火寸前の火山を鎮静化させ、鉱山に生まれ変わらせたり――。

我ながら、随分と大きな力を手に入れたものだ。

使い方を誤らないように、気をつけないとな。

第二話　懐かしい相手と再会してみた。

昼食は、船内のレストランで食べることになった。

メニューはかなり豪勢なもので、クルトンを浮かべた濃厚なコーンクリームスープに、温野菜のとろとろチーズ焼き、フワフワのバゲット、そして山盛りのローストビーフだった。

「あれ？」

「あら？」

俺とアイリスは、同時に声をあげ、顔を見合わせる。

「これ、前にも食べたことがあるメニューだよな」

「あたしも同じことを思ったわ。……いつだったかしら」

「ちょっと待ってくれ。いま思い出す」

俺は自分の記憶を遡《さかのぼ》る。

一人での食事はあんまり覚えていないが、アイリスと一緒に食べたものなら頭に残っている。

……思い出した。

「竜神の盾を修理したときだ」

「あっ！」

アイリスも思い出したらしく、ポン、と手を打ち鳴らした。

「懐かしいわね。あたしが【竜神の巫女《みこ》】持ちだって明かした後だったかしら」

「たぶんな」

「正解だよ！」

キッチンからヒョイと顔を覗《のぞ》かせたおせわスライムが言う。

「あのときに料理していたのも、ぼくだよ！　せっかくだから、前と同じメニューを出してみたよ！」

なんだって？

まさかの展開に、少しばかり驚いてしまった。

アイリスも同じ気持ちだったのか、目を丸くしている。

「お二人には、わたくしたちの知らないエピソードが色々ありますのね」

ふふっ、と微笑《ほほえ》みながらレティシアが言う。

「少しだけ羨《うらや》ましいですわ。リリィ様もそう思いませんこと？」

「そうですね……」

コクリ、とリリィが頷《うなず》く。

「私は、コウさんがトゥーエからスリエに向かう途中で旅に加わりました。それが戦神の導きであることは分かっていますが、もしもオーネンで合流していたら、どうなっていたんでしょうか」

「それはそれで、にぎやかだっただろうな」

ここにいる全員が最初からオーネンに揃《そろ》って、一緒にパーティを組んでいたら……というのは起こりえないことではあるが、なかなかに楽しそうだ。

食事を終えた後、おせわスライムたちに聞いた話によれば、ブラズニルはすぐにでも出航できるらしい。

とはいえ、こちらにも準備というものがある。

王都に向けて出発するのは明後日の昼過ぎにして、俺たちはいったん船を降りることにした。

「マスターさん、またねー！」

「船の中をおそうじして、待ってるよー！」

「おいしいごはん、用意しておくね！」

おせわスライムたちに見送られつつ、デビルトレント製の階段を下りて港に戻ると、そこには人だかりができていた。

おいおい、いったい何の騒ぎだ。

近くにいた冒険者に訊《き》いてみると、どうやら人々は「宙に浮かぶ船がいきなり港に現れた」という話を聞いて、それを一目見ようと押しかけてきたらしい。

……んん？

なんだか、視線を感じるな。

「おい見ろよ。あれ、《竜殺し》だよな」

「ってことはこの船、やっぱりアイツが作ったのか？」

「だろうな。こんな立派な船、今まで見たことねえぜ」

人々は互いにそんなことを囁《ささや》き合いながら、俺やブラズニルにチラチラと視線を向けてくる。

……なんだかちょっと気恥ずかしい。

俺は足早にその場を立ち去ろうとしたが、ちょうどその矢先、人混みをかき分けて一人の女性がやってきた。

ミリアだ。

やや幼げな顔立ちに、いつもと同じ、ニコニコとした笑みを浮かべている。

「コウさん、こんにちは。なんだかすごいものを作っちゃったみたいですね」

「ああ。王都まではこの船で行くつもりだ。……ミリアも乗っていくか？」

「いいんですか？」

「もちろん」

そもそもの話だが、俺とアイリスが旅を始めたのは、王都で行われる黒竜討伐の表彰式に出席するためだ。

表彰式は冒険者ギルドの主催で、ミリアも参加する予定となっている。

別に知らない仲じゃないし、一緒に乗っていけばいいだろう。

「ありがとうございます、コウさん。出発はいつですか？」

「いちおう明後日の昼過ぎのつもりなんだが、調整はできるから遠慮なく言ってくれ」

「あっ、それで大丈夫です。準備しておきますね。ところで、ちょっと冒険者ギルドにお越しいただいても構いませんか」

「何か事件でもあったのか」

「ええ、とびっきりの大事件です。コウさんの熱烈なファンがフォートポートまで追いかけてきましたよ」

ミリアはパチリと右眼《め》をウインクさせると、満面の笑みを浮かべてそう言った。

俺たちはミリアに連れられて冒険者ギルドのフォートポート支部に向かった。

二階の談話室でソファに腰掛けて待つこと数分、コンコン、とドアがノックされた。

そうして姿を現したのは、眼鏡をかけた細身の優男だった。

右手にはボロボロの使い古した革鞄《かわかばん》を持っている。

「コウさん！　お久しぶりです！　ああ、お会いできて嬉《うれ》しいなあ！　嬉しいなあ！」

名前はレリック・ディ・ヒューバート。

公爵家の三男坊で、王立アカデミーに所属する考古学者だ。

俺のところに駆け寄ってくると、まるで子犬みたいにはしゃぎながら言葉を続ける。

「いやあ、ようやく追いつけましたよ！　本当ならスリエで合流したかったんですけど、急用で南に行くことになっちゃいまして」

詳しく話を聞いてみると、どうやらレリックは、俺たちと入れ違いになるかたちでスリエに到着したらしい。

その後、南にあるヨヨンという街に立ち寄ってからフォートポートに来たようだ。

「アイリスさんもご無沙汰してます。……って、あああああっ！」

レリックはスラを見て、大声をあげた。

「おせわスライム！　おせわスライムじゃないですか！　遺跡の外には出られないはずでしたよね！　でも出ちゃってます！　出ちゃってますよコウさん！　今度はいったい何をしたんですか！」

「……どうしていきなり俺に訊くんだ」

「常識外れといえばコウさんですからね！」

レリックは自信満々にそう言い切った。

「まあ、確かにそうよね」

アイリスがクスクスと笑いながら言う。

「さっきだって空を飛ぶ船を【創造】したわけだし、反論できないわね」

「そ、そ、空を飛ぶ船！　コウさん、そんなものを作っちゃったんですか!?　すごいなあ、すごいなあ！　見に行きたいなあ！」

「分かった、分かったから落ち着け」


興奮のあまり外に駆け出していきそうなレリックを宥《なだ》めたあと、まずは自己紹介の時間となった。

俺、アイリス、レリックの三人は互いに面識があるが、他はそうじゃないからな。

リリィ、レティシアはもちろんのこと、スララもレリックに会うのは初めてのようだ。

「レリックおにいさんのことは、ほかのおせわスライムから聞いてるよ！」

スララはソファの上でピョンと飛び跳ねながら言った。

「ぼくはスララ！　おせわスライムだけど、おともスライムだよ！　マスターさんのおかげで、地下都市の外に出られるようになったんだ！」

「なるほど、なるほど」

レリックは納得顔で頷きながら俺のほうにチラリと視線を向ける。

「やっぱりコウさんが関係していたんですね」

「まあ、な」

「他のおせわスライムもスララさんみたいに外で活動できるんですか？」

「いや、原則として地下都市の外には出られないままだな」

俺はそう前置きしてから、フォートポートの港に停泊させている『空を飛ぶ船』――ブラズニルの船内に限定されるが、おせわスライムを地下都市から召喚できることを伝えた。

「えええええっ！　じゃあ、船の中でおせわスライムが働いているんですか!?」

「ああ。明後日の出発に向けて準備をしているはずだ。……レリックも乗っていくか」

「ぜひ！　ぜひ！」

鼻息を荒くしてレリックが答える。

「ボク、おせわスライムが働いているところ、好きなんですよねえ！　なんかこう、ピョコピョコ飛び回って一生懸命なところとか、親近感が湧いちゃうんです」

「……なるほどな」

言われてみれば、レリックって、ちょっとおせわスライムに似てるよな。

テンション高めの働き者、という意味では同類だろう。

おっと。

そういえば自己紹介タイムの途中だったな。

スララの右隣にはリリィが座っている。

俺が視線で合図すると、リリィはコクリと頷いてソファから立ち上がった。

「リリィ・ルーナリアです。戦神教の神官をやっています。トゥーエでコウさんに危ないところを助けていただいたあと、色々とあって一緒に旅をすることになりました」

「ふうむ」

レリックは急に真面目な表情を浮かべると、両腕を組んで唸《うな》り声をあげた。

「リリィさん、もしかして【戦神の巫女】ってスキルを持ってないですか」

「……えっと」

リリィが俺のほうを見る。

自分が【戦神の巫女】であることを話していいかどうか迷っているのだろう。

俺は頷き、リリィに代わって口を開いた。

「ああ、そのとおりだ。リリィは【戦神の巫女】だよ。……どうして分かったんだ？」

そもそも、レリックがなぜ【戦神の巫女】というスキルの存在を知っているのだろう。

疑問だ。

俺が首を傾《かし》げていると、レリックが言った。

「戦神教は歴史の長い宗教ですからね。考古学の研究対象の一つになっていまして、ボクもそれなりに勉強しているんです。あと、ウチの国の国王陛下、信者ってわけじゃないのに戦神教にやたら詳しいんですよね」

そういえばレリックって、この国の王様とも親しいんだっけな。

個人的に手紙をやりとりしている、なんて話を聞いた覚えがある。

「そういうわけで【戦神の巫女】のことはそれなりに知っています。たしか、戦神ウォーデンが地上に齎《もたら》した三つの神器と関係があるんですよね」

「……はい」

リリィは頷いた。

「よく、ご存じですね」

「ボクが自分で調べたわけじゃなくて、昔、国王陛下に教えてもらったんですけどね」

レリックがはにかみながら答える。

「話を戻しますけど、神器のひとつである竜殺しの剣グラムはコウさんが持っているわけですよね。だったら、一緒に旅をしている戦神教の神官……リリィさんが【戦神の巫女】である可能性は高いんじゃないかな、と。……あ、そうだ」

ポン、とレリックは手を鳴らしたあと、俺に向かってこう言った。

「先日、国王陛下が手紙で教えてくれたんですけど、王家の伝承によると、戦神ウォーデンの力を宿した槍《やり》、つまりは神器のひとつがフォートポートの近くに眠っているそうです。ちょっと探してみませんか？」

「槍なら、もう手に入れたぞ」

「えっ!?」

「アイリス。槍をレリックに見せてやってくれ」

「分かったわ」

俺の言葉に頷くと、アイリスはソファから立ち上がった。

少し離れた場所まで歩くと、腰につけているポーチに手を伸ばす。

このポーチは魔導具のひとつで、疑似的な【アイテムボックス】になっている。

そこから青白い穂先を持つ大きな槍を取り出した。

「……あれ？」

レリックは槍の穂をジッと見つめながら呟《つぶや》いた。

「この槍、竜神の紋章が刻まれてませんか？　神器って、戦神の力を宿した武器のはずですよね」

「よく気づいたな」

俺はそう答えてから、槍についてレリックに説明する。

神器のひとつ、無銘の聖槍《せいそう》はボロボロに砕けた姿でマホロス島の地下遺跡に眠っていた。

そのままでは持ち出すことすら困難な状態だったが、俺は砕けた聖槍と、さらにアイリスの持つ竜神の盾を【素材】として新たな槍を【創造】した。

それがこの槍――聖竜槍フィンブルだ。

「じゃあ、じゃあ、もしかして」

レリックの声は驚きに震えていた。

「いまアイリスさんの持っている槍って、戦神だけじゃなくて、竜神の力まで宿しちゃってるってことですか!?　えええええええっ！」

「まあ、そういうことだ」

「そんなサラッと流さないでくださいよ！　とんでもないことですよ、これ！」

「あと、剣と槍だけじゃなくて、弓の神器もここにあるぞ」

俺はそう言って【アイテムボックス】からユグドラシルの弓を取り出す。

レリックの反応だが、もはや完全に言葉を失っていた。

驚きのあまり思考も感情もフリーズしてしまったのだろう。

「……はっ」

それから数分して、ようやくレリックは我に返った。

「想定外のことが起こりすぎて、ちょっと意識が飛んでました。すみません」

「別に構わないさ。大丈夫か」

「ええ、なんとか落ち着きました」

「では、次はわたくしの番ですわね」

レティシアはそう言うと、ゆっくりとソファから立ち上がった。

「わたくしはレティシア・ディ・メテオール、アイリスさんと同じAランク冒険者ですわ」

「レティシアで、メテオール……」

レリックは小声で呟くと、レティシアに向かって訊《たず》ねる。

「もしかしてノースティア王国のレティシア第二王女だったりしませんか」

「あら、よくご存じですわね」

「ボクも公爵家の人間ですからね。周辺の国々のことはそこそこ把握しています。……というか、巫女二人に王女様を連れて旅をしているとか、コウさん、ものすごい豪華メンバーですね」

言われてみれば、確かにそのとおりだ。

レティシアはもともと王族だったが、実の兄に毒殺されかけたところで災厄としての力と記憶を取り戻し、一命を取り留めている。

そのこともレリックに伝えておくべきだろうか。

……いや、今はまだいいだろう。

目の前にいる人間が実は災厄の生まれ変わりだなんて伝えたら、ショックのあまり気絶するかもしれない。

それに、どこで誰が聞き耳を立てているか分からないしな。

教えるとしたら、ブラズニルに乗ってからでいいだろう。


レティシアの自己紹介が終わったあと、レリックがあらためて挨拶を済ませ、自己紹介タイムは終わりとなった。

「ところでコウさん、実は見てほしいものがあるんです」

レリックはそう言うと、革鞄を開け、布で何重にも包まれた丸い物体を取り出した。

そのまま、俺に手渡してくる。

包みを開けてみると、中には紫色に輝く水晶玉が入っていた。

サイズとしては、俺の手のひらに収まるほどだ。

けっこう小さいな。

「これは？」

「さっきも言いましたけど、ボクはスリエを出たあと、ヨヨンって街に立ち寄ったんです」

レリックの説明によると、ヨヨンの近くには古代文明の遺跡があり、そこで新たに発掘されたのがこの水晶玉らしい。

「おそらく魔導具の一種だとは思うんですけど、コウさん、何かご存じないですか」

「どうして俺に訊くんだ」

「古代文明といえばコウさんですからね」

……なんだか、さっきも同じようなセリフを聞いたぞ。

常識外れイコール俺、みたいな話だったか。

「さすがに過大評価だと思うけどな」

俺はそう答えながら水晶玉をじっくり観察する。

水晶玉といえば、頭をよぎるのはオーネンの地下都市での出来事だ。

深層領域では黒竜が暴れ回る映像を見せてもらったが、あの場所にも、同じような水晶玉が置いてあったような……。

そんなことを考えながら【鑑定】を発動させる。

……ふむふむ。

「レリック、分かったぞ」

「おおおおおっ！　さすがコウさん！　やりますねえ！　やりますねえ！」

レリックは、ずいっ、と俺のほうに身を乗り出してくる。

考古学者として興奮を抑えられないのは仕方ないが、ちょっと顔が近いぞ。

「それで、どんな魔導具なんですか」

「名前は記録水晶、音声や映像を記録できる装置らしい。ただ、保存状態が悪かったせいか故障しているみたいだな」

「つまり、ただの水晶玉になっちゃってるってことですか……」

レリックは、しゅん、と肩を落とす。

その表情はまるで捨てられた子犬のようだ。

「マスターさん、ちょっと待ってほしいよ！」

スララが元気よく声を張り上げた。

「記録水晶なら、ぼく、修理できるかもしれないよ！」

「ホ、ホ、ホントですか！」

レリックが驚きの声をあげる。

「コ、コウさん！　考古学の明日のために、どうか、どうか、お願いします！」

もちろん断る理由はない。

深層領域の水晶玉と同じように、災厄の情報が手に入るかもしれないからな。


ということで、俺はスララに記録水晶の修理を頼むことにした。

「わーい！　マスターさんに、おしごとをもらったよ！　るるーららー」

スララはよほど嬉しいらしく、小躍りに加えて、歌のようなものまで口ずさんでいる。

「それで、どうやって修理するんだ？」

「えっとね！　ぺたーんぺたーん、こねこね！　みたいな？」

スララは身振り手振りを加えて説明してくれる。

うーん。

まったく分からない。

ぺたーんぺたーん。

こねこね。

その動作は餅つきに似ている。

水晶玉を粉々に砕いてから、再構成でもするのだろうか。

謎は深まるばかりだ。

「他のおせわスライムにも手伝ってもらうから、ぼく、ブラズニルに戻るね」

それは別に構わないのだが、スララ一匹で街を歩かせるのは不安がある。

俺は少し考えたあと、レティシア、リリィ、そしてレリックも一緒にブラズニルに向かってもらうことにした。

「このメンバーだと、わたくしが引率役ですわね。承りましたわ」

「レティシアさん、よろしくお願いします」

「いやあ、水晶玉を修理してもらえるだけじゃなくて、空飛ぶ船に乗り込めるなんて！　ああ、幸せだなあ！　幸せだなあ！　コウさん、大、大、大感謝ですよ！　この恩は忘れません！」

「別に構わないさ。それじゃあ、よろしく頼む」

というわけで、ここで俺たちは二手に分かれることになった。

レティシアたちがぞろぞろと談話室から出ていき、後には俺とアイリスの二人が残される。

「あたしたちはどうするの？」

「明後日の出発に向けての準備だな。まずはジェス支部長に挨拶しに行くか」

ジェス支部長はちょうど手が空いている時間だったようで、すぐに面会することができた。

「話はすでにミリアさんから伺っています」

銀縁眼鏡のブリッジを右手で押さえながら、ジェス支部長は言った。

「明後日、フォートポートを発《た》たれるそうですね」

「ああ。移動手段も手に入ったからな」

俺がそう答えると、ジェス支部長は背後に視線を向けた。

壁面はガラス張りとなっており、フォートポートの海を一望できる。

当然ながら、港近くに浮かぶプラズニルの姿も見えた。

「空を飛ぶ船など、お伽噺《とぎばなし》の中だけの存在だと思っていましたよ。……火山を鉱山に変えてしまったことといい、貴方《あなた》は本当に、どこまでも規格外ですね」

それからジェス支部長は、俺の近くにやってくると、こう言った。

「コウさん。貴方は海賊を退治するだけでなく、火山を鎮火させ、フォートポートの危機を二度も救ってくださった。本当に感謝しております。困ったことがあれば、いつでも相談してください。全力で手助けいたします」


ジェス支部長への挨拶を終えたあと、俺とアイリスは支部長室を出た。

階段を下りてギルドのロビーに向かうと、窓口の近くにいたミリアが声をかけてくる。

「コウさん、コウさん。今日の夜って、みなさん、何か予定はありますか？」

「特に何もない……はずだよな？」

俺は隣にいるアイリスに、確認するように声をかける。

「スララちゃんが記録水晶の修理をしているくらいね。基本的には空いているはずよ」

「それはよかったです」

ミリアはにっこりと笑うと、ネコのイラストが描かれた可愛《かわい》らしい封筒を差し出してくる。

「これは？」

「招待状です。コウさんが明後日に出発することをフォートポート支部の方々に伝えたら、街を救ってくれたお礼をさせてほしい、ということでして」

俺は封筒を受け取ると、中に入っていた手紙を確認する。

どうやらフォートポート支部の職員たちが、俺のために壮行会を開いてくれるらしい。

「……ありがたい話だな」

俺は胸のあたりがじんわりと温かくなるのを感じながら答える。

「話は分かった。参加させてもらうよ。アイリスはどうする？」

「ええっと、あたしも行っていいのよね？」

「もちろんですよ！　大歓迎です！」

ミリアが元気のいい声で答えた。

「お店は貸切で押さえていますので、全員で来ちゃってください！」

冒険者ギルドを出たあと、俺はアイリスを連れてブラズニルに向かった。

「ひゃあああああ！　コウさん！　この船、いったいどんなテクノロジーで浮かんでるんですか！　おせわスライムもいっぱいで、楽園ですよ！　素敵だなあ！　素敵だなあ！」

レリックは幼い少年のようにキラキラと眼を輝かせながら、船内を走り回っていた。

その後ろを、何匹かのおせわスライムたちが追いかけている。

「ぼくたち、おつきスライム！　レリックおにいさんに、ついていくよ！」

「転びそうになったら、クッションになるよ！」

「壁にぶつかりそうなときも、ガードするよ！」

至れり尽くせりだな。

確かにレリックは色々と危なっかしいところがあるから、お付きのおせわスライムは必要だろう。

ブラズニルの船内にはカジノやバーなどさまざまな施設が存在するが、なんと、研究室まで設置されている。

記録水晶はそこに運び込まれたらしい。

研究室に行ってスララに修理の進捗《しんちょく》を訊ねてみると、明後日の朝には、という答えが返ってきた。

「じゃあ、俺たちがフォートポートを出発するときには修理が終わっている、ってことか」

「うん！　いま、頑張って直してるよ！」

そう語るスララの後ろでは、めがねスライムが記録水晶を両手で持ち上げながら「なおれー、なおれー」と祈り（？）の言葉を呟いている。

これは「ぺたーんぺたーん、こねこね」の下準備らしい。

古代文明って、本当に不思議だらけだな……。

そのあと、俺は近くにいたおせわスライムに頼んでレティシア、リリィ、レリックを研究室に呼んでもらった。

今夜の壮行会について伝えるためだ。

「……というわけで、俺とアイリスは参加する。皆もどうだ？」

「わーい！　パーティだね！」

スララが明るい声をあげ、その場でピョンと飛び跳ねた。

「ぼく、行きたいよ！」

「せっかく招待していただいたわけですし、喜んで参加いたしますわ」

「私も、行きます」

レティシアとリリィは参加だな。

あとは……レリックか。

なんだか迷っている様子だが、どうしたのだろう。

理由を聞いてみると「ボク、海賊退治にも、火山の鎮火にも関わってないですし、場違いですよね」という答えが返ってきた。

だがスララに「なかまはずれは、さみしいよー。レリックおにいさんもいっしょに行こうよー」

と涙目で言われたことで、あっさりと陥落した。

　というわけで、壮行会には全員で向かうことになった。


　夕方、俺たちはブラズニルを出ると、港沿いにある料理店に向かった。

　店の名前は『望海亭《ぼうかいてい》』、ここが壮行会の会場だ。

　グルメガイドの本にもイチオシと書かれており、新鮮な海の幸がウリらしい。

　会場には冒険者ギルドの職員だけでなく、冒険者も数多く集まっていた。

「《竜殺し》！　アンタには本当に感謝してるぜ」

「街を守ってくれてありがとうな！」

「この恩は忘れねえ。いつか、必ず、おまえさんの力になるぜ」

　壮行会は大盛り上がりで、騒がしいながらもにぎやかで楽しい時間だった。

　こんなふうに送り出してもらえるなんて、本当に俺は幸せ者だよな。


　翌日は宿でのんびり過ごし、翌々日の昼過ぎ、俺たちは滞在していた宿を引き払った。

　港に行ってみれば、そこは見送りの人たちでごった返していた。

「《竜殺し》さん、行ってらっしゃい！」

「元気でなー！」

「目線こっちくださーい！」

　なんだそれは。

まるでアイドルみたいな扱いだな。

俺が戸惑っていると、ミリアが「フォートポートにはコウさんのファンクラブがあるんですよ」と言って会員証を見せてくれた。

「……ミリアも入会しているのか」

「そりゃもう！　コウさんは話題の人ですからね！　ちなみにわたし、コウさんを冒険者デビューさせた功績で、名誉会員に任命されてます」

それって功績なのか……？

俺にはよく分からない世界だ。

「ミリアおねえさん、ぼくも入会したいよ！　ふれー！　ふれー！　マスターさん！」

「でしたらボクも、ぜひ、ぜひ」

スララやレリックがそんなことを言い出すものだから、レティシアが悪ノリして「いっそ皆で入りましょうか」と提案したり、それをリリィが本気で検討するような一幕があったが、ブラズニルは予定どおりにフォートポートを離れた。

さあ、次は王都だ。

かなり栄えているみたいだから、行くのが楽しみだ。

第三話　日本のことを語ってみた。

普通の船なら、フォートポートから王都まで五日はかかる。

だがブラズニルの速度なら、明日の昼には到着する見込みだった。

すごい速さだな。

ただ、甲板に出てみると、そこまで風は強くない。

よく見れば船の周囲にはうっすらと青色のバリアのようなものが張られている。

これによって風の影響をコントロールしているのだろう。

甲板の後方から景色を見れば、フォートポートはすでに小さくなっている。

「……あっ」

俺は思わず、声をあげた。

「どうしたの？」

隣で一緒に景色を眺めていたアイリスが声をかけてくる。

「もしかして、忘れ物でもしたの？」

「忘れ物といえば忘れ物かな」

フォートポートには大型のカジノがあって、カードやルーレットなどの基本的なゲームだけでなく、賞金付きのアスレチック、ワンフロアをまるごと使った大迷路、地下室からの脱出を目指す謎解きイベントなどなど、色々なものが用意されている。

たとえるなら、異世界版の総合アミューズメント施設だろうか。

もともとの予定では遊びに行くつもりだったが、街に到着して早々に海賊騒ぎに巻き込まれたり、マホロス島の調査に向かってみれば噴火寸前の火山に出くわしたり、予想外のトラブルが多すぎて、カジノのことがすっかり頭から抜けていた。

「一度くらいは遊びに行けばよかったな」

「じゃあ、王都からの帰りに寄ったらいいんじゃない？」

「それもそうか」

この旅は、別に、行ったきり帰ってこられない片道切符じゃない。

表彰式が終わればオーネンに戻るつもりだし、その途中、フォートポートのカジノに立ち寄ればいいだろう。

「あたし、スリエの温泉にもう一回入りたいわ」

「にくにくサンドも食べたいよな」

「それ、いいわね」

にくにくサンドとは、トゥーエの名物のひとつで、トゥーエ牛のハンバーグを、トゥーエ牛のステーキ二枚で挟んだ豪勢なサンドイッチだ。

パンを使っていないので厳密な意味ではサンドイッチかどうか怪しいところだが、肉の旨味《うまみ》が洪水のように押し寄せる絶品メニューだったので、俺としては気に入っている。

「じゃあ、王都からの帰りは、行きのルートを逆に辿《たど》ってみるか」

「あたしは賛成よ。ちょっと慌ただしい旅だったから、帰り道はのんびり過ごしたいわね」

「まったくだ。……まあ、まずは無事に王都に到着してから、だな」


俺とアイリスは二人きりで、流れる景色をしばらくのあいだ眺めていた。

やがて船内に戻ったところで、ミリアに出くわした。

「コウさん、アイリスさん。デートの途中にすみません、ちょっといいですか」

別にデートをしていたわけじゃないんだけどな。

まあ、ミリアのことだから軽いジョークのつもりなのだろう。

俺は笑ってスルーしながら問いかける。

「どうした。何か用事か？」

「スララさんが、話があるから研究室に来てほしい、って言ってました。今から行けますか？」

「もちろんだ。アイリスもそれでいいよな」

「ええ。記録水晶の修理って、今日の朝に終わっているはずよね」

「たぶん、記録水晶の内容についての話だろうな」

というわけで、俺はアイリスとミリアを連れて船内の研究室に向かった。

そこにはスララだけでなく、レティシア、レリック、そしてリリィも揃《そろ》っている。

「悪い、待たせたか」

「大丈夫ですわ。わたくしもさっき来たところですもの」

「いやあ、記録水晶の内容、気になりますねえ！　楽しみだなあ！　楽しみだなあ！」

レリックは興奮を隠しきれないらしく、ふんす、ふんす、と鼻息を荒くしている。

リリィはというと、なぜかキョロキョロと研究室の中を見回していた。

「何か探しているのか？」

「めがねスライムさんは、どこに行ったのでしょうか」

「そういえば、見当たらないな」

めがねスライムは、スララと一緒に記録水晶の修理に取りかかっていた。

確かに、この場にいてもいいはずだが、どこに行ったのだろう。

「めがねスライムなら、お部屋で寝ているよ！」

俺の疑問に答えたのはスララだった。

「修理は細かい作業が多かったから、ちょっと疲れちゃったみたい」

スララは「起こしてきたほうがいいかな？」と問いかけてくるが、俺は首を横に振る。

「いや、そのまま寝かしておいてやってくれ。スララは大丈夫か？」

「うん！　でも、今日は早めに寝るつもりだよ！　じゃあ、始めるね！」

そう言ってスララは頭上に記録水晶を掲げる。

水晶玉から光が放たれ、空中に映像が浮かんだ。


映像はすべて静止画で、黒い背景に、白抜きの文字で文章が書かれている。

もちろん、すべて古代語だ。

重要そうなところは赤文字や太字、下線などで強調されている。

ええと。

似たようなものを日本で見たことがあるぞ。

これって、プレゼンテーションの資料じゃないか？

古代文明は現代の日本に似たところも多いが、まさかプレゼンテーションの概念まで共通だったなんてな。

正直、驚きだ。

個人的な感想はさておき、資料の内容だが――。

古代文明の人々は災厄と戦うにあたり、さまざまな準備を進めていたらしい。

そのうちの一つに『【転移者】召喚計画』というものがあり、資料ではこの計画の進捗《しんちょく》についての報告がなされていた。

【転移者】は災厄の天敵となる存在であり、勇者、魔王、賢者の三人が存在する。

異世界からそのうちの一人を召喚し、世界を救ってもらう。

それが『【転移者】召喚計画』の大枠だ。

なんというか、ファンタジー系のアニメやゲームによくある設定だな……と思ってしまった。

たぶん、この場に他の現代日本人がいれば、俺と同じ感想を抱いたことだろう。

ただ、残念ながら計画は失敗したらしい。

異世界に繋《つな》がる扉を開いて【転移者】を召喚するには非常に大掛かりな儀式が必要になる。

その儀式において魔力の暴走事故が起こり、その場にいた三百名以上の魔法使いたちが昏睡《こんすい》状態に陥ってしまった。

また、召喚した【転移者】をサポートするための施設……『第零号地下都市』は魔物の襲撃によって破壊され、再建さえも不可能な状況に陥ったという。

資料の最後は「現状を考えるに『【転移者】召喚計画』は中止せざるを得ない。状況は絶望的だが、我々は決して諦めてはいけない」という、悲壮感が色濃く漂う言葉で締めくくられていた。

先ほども言ったとおり、資料はすべて古代語で書かれている。

解読できるのは古代文明のころに生み出されたスララと、【転移者】に翻訳機能が含まれている俺だけだ。

ひとまず俺が資料を翻訳して、皆に説明することになった。

話を終えたあと、レリックが考え込みながら呟《つぶや》いた。

「コウさん。資料に出てきた『第零号地下都市』って、オーネンの地下都市のことですよね」

「ああ、そのはずだ」

俺は頷《うなず》きつつ、確認の意味を込めてスララに視線を向ける。

「マスターさんの言うとおりだよ。ぼくの住んでいた地下都市の正式名称は『第零号地下都市』だね。資料だと、破壊されて再建できなくなった、ってあるけど……」

「矛盾していますよね」

と、レリックが言う。

「オーネンの地下都市はどこも壊れていませんし、今もきっちり機能しています。黒竜が復活したときなんて、住民の避難先としてものすごく役に立ったじゃないですか」

「妙だよな」

俺たちの把握している地下都市の状況と、資料の内容が、完全に食い違っている。

一体どういうことなんだろうな。

疑問点は他にもある。

「資料によれば『【転移者】召喚計画』は中止されたらしい。……じゃあ、どうして俺がここにいるんだ？」

俺がそう口にしたとき、皆の反応は二つに分かれた。

俺が【転移者】であると知っているアイリス、リリィ、レティシアの三人、そしてスララは同じことを疑問に思っていたらしく、うんうん、と小さく頷いている。

一方で、そのあたりをまったく知らないレリックとミリアは、戸惑いの表情を浮かべていた。

この二人は信用できる相手だし、色々と明かしておいてもいいだろう。

「資料に出てきた【転移者】ってスキルだが、俺はそれを持っている。出身は、魔法も魔物も存在しない、まったく別の世界だよ」

「……『遠き地より来たる者、汝《なんじ》、竜に挑むならば己の器を空とせよ』」

その言葉を呟いたのは、ミリアだった。

「精霊の指輪に書かれていた『遠き地』って、別の世界、ってことなんですか？」

「そういうことだ。……今まで、黙っていてすまなかった」

「大丈夫ですよ」

ミリアはニコッと包み込むような笑顔を浮かべる。

「わたしは気にしていません。生まれがどこであろうと、コウさんが善良な人であることは理解していますから。また今度、コウさんの住んでいた場所の話を聞かせてください」

「そんなに面白い場所じゃないぞ」

「だとしても、わたしは興味がありますよ。レリックさんもそうですよね。……レリックさん？」

レリックの返事はなかった。

口を一文字に引き締めて、俺のほうにジッと視線を向けている。

さらに言えば、なぜかプルプルと震えている。

「コ、コウさん」

「……何だ？」

「魔法のない世界ってことは、魔導具も存在しないわけですよね！　じゃあ、いったいどうやって文明を成立させてきたんですか！　わあああ、知りたいなあ！　知りたいなあ！」

レリックは、考古学者であると同時に、魔導具の発明家でもある。

魔導具なしに発達してきた文明が存在すると言われたら、気になって当然かもしれない。

俺としても、日本のことを語って聞かせるのは別に構わないのだが、それは後回しでいいだろう。

というわけで、このまま資料の検討を続けることになった。

「ひとつ、気になることがあるの」

アイリスが小さく手を挙げながら発言する。

「資料だと、勇者、魔王、賢者のうち、どれか一人が召喚されることになっているわよね。じゃあ、コウはそのなかのどれに当てはまるの？」

「微妙なところだな。どれにも当てはまらないといえば当てはまらないし、すべてに当てはまるといえば当てはまる」

「……どういうこと？」

首を傾《かし》げるアイリスに、俺は説明を始める。

それは以前、レティシアが災厄としての知識を基に教えてくれたことだ。

災厄には三つの天敵が存在する。

ひとつ【器用の極意】を持つ勇者、もうひとつは【魔法の天稟《てんぴん》】を持つ賢者、最後は【災厄召喚】を持つ魔王だ。

俺は【器用の極意】と【災厄召喚】を持ち、【フルアシスト】が【魔法の天稟】を兼ねている。

つまり、たったひとりで勇者、魔王、賢者の三人分の力を所有しているのだ。

それに加えて【創造】の力もあるわけで、本来召喚されるはずだった【転移者】の在り方からは大きく外れている。

「……まさに規格外の存在、ってことね」

俺の話を聞き終えたあと、アイリスはそう呟いた。

「やっぱりマスターさんはすごい人なんだね！」

さらに、スララが無邪気な様子で声をあげる。

……ん？

ちょっと待てよ。

俺はふと、初めてオーネンの地下都市に行ったときのことを思い出す。

そこには広大な空間が広がっており、マスターとなった人間……つまりは俺が【建築指示】というスキルを使って街づくりを行うことになっていた。

だが、当時、俺の脳内に聞こえてきたアナウンスは次のようなものだった。


勇者・魔王・賢者に該当する場合、【建築指示】が追加されます。いずれにも該当せず【創造】を所持している場合のみ、特例として【創造】の機能が拡張されます。


つまり、地下都市のシステムは【創造】の所持者がマスターになる可能性も想定していたわけだ。

けれどその一方で、おせわスライムたちはどうだろう？

彼らは地下都市のシステムと密接に連携しているはずなのに、俺が【創造】を持っていることにものすごく驚いていた。

どうしてこんな食い違いが生じているんだ？

疑問に感じたので、俺はスララに訊《たず》ねてみることにした。

「確かに、おかしいよね」

スララは考え込むように眉を寄せ、むーんと口を「へ」の字にして頷いた。

「ぼくたちおせわスライムはマスターさんのサポートがお仕事なんだから、【創造】のことを詳しく知っていてもいいはずだよね」

「あの」

関係ない話かもしれませんが、と呟きながらリリィが口を開く。

「この資料には【創造】のことがまったく書かれていません。それも、ちょっと気になります」

「わたくしの推測になりますけれど」

　それまでずっと黙っていたレティシアが口を開いた。

「当初の『【転移者】召喚計画』では【創造】のことをまったく想定せず、勇者、魔王、賢者のいずれか一人を召喚する形で進んでいたのだと思いますわ。スララ様や他のおせわスライムが生み出されたのも、このタイミングでしょう」

「だからスララたちは【創造】のことをよく知らない、ってことか」

「ええ。資料には計画を中止すると書かれていますけれど、その後になって【創造】を考慮する形で計画が再開されたと考えれば、ひとまず筋は通りますわ」

　なるほどな。

　レティシアの仮説を採用するなら、魔物に破壊されたはずの地下都市が存在していることも、そのシステムが【創造】持ちに対応していることも、ひとまずの説明がつく。

「ただ、コウ様が四千年前の当時ではなく、今になって召喚された理由までは分かりませんわね」

「言われてみれば不思議よね」

　と、アイリスが同意する。

「四千年前にコウが召喚されていたら、古代文明は滅びずに済んだんじゃないかしら」

「それはどうだろうな」

　俺が黒竜や暴食竜を討伐できたのは、アイリスやリリィが手を貸してくれたからだ。

　さらに言えば、四千年前の当時は複数の災厄が同時多発的に出現していたらしい。

「たとえば黒竜と暴食竜が同時に現れたら、さすがに勝てなかったと思うぞ」

「逆に言えば、各個撃破が可能なタイミングに合わせて【転移者】が召喚される仕組みだったのかもしれませんわね」

「……ありうるな」

古代文明は今の俺たちでは想像もつかないような魔法技術を持っていたわけだから、四千年という気の遠くなる時間を隔てて儀式を成立させることも決して不可能ではないだろう。

その後もしばらく資料についての検討が続いたが、やはり『【転移者】召喚計画』はどこかのタイミングで再開されたのだろう、という結論に落ち着いた。

これまで断片的なものばかりだった古代文明の情報が、ここにきて、ようやくひとつの像を結び始めてきたような感覚がある。

レリックの話によると、王都のアカデミーには未解読の古文書がいくつも保管されているらしい。

それらを解読すれば、もっと色々なことが分かるかもしれないな。


俺たちが研究室を出たころには、すでに夕暮れ時となっていた。

夕食の準備ができているそうなので、そのまま全員で船内のレストランに向かう。

「マスターさん、いらっしゃいませ！」

コック帽を被《かぶ》ったおせわスライムが、俺たちを出迎えてくれる。

「張り切ってごはんを作ったら、作りすぎちゃった！　好きなものを、好きなだけ食べてね！」

店内に目を向ければ、中央の大きなテーブルに、色々な料理が並べられている。

サラダにスープ、パン、パスタ、ピザ、魚料理に肉料理、さらにはフルーツやケーキなどなど。

好きなものを皿に取って食べる、いわゆるビュッフェ形式のようだ。

「わあああ！　まるでお城の晩餐《ばんさん》会ですね！」

真っ先に声をあげたのはレリックだった。

「お客はボクたちだけなんですよね？　他の貴族に挨拶したり、つまらない話に延々と付き合わなくていいんですよね？　やったー！」

「レリックも苦労しているんだな……」

「そりゃまあ、ボクも公爵家の人間ですからね！　王宮にいるときは、さすがにお行儀よくしますよ。けど、そのせいで食べたい料理を取り逃してばっかりですし、ストレス溜《た》まるんですよね」

「レリック様の気持ちはよく分かりますわ」

うんうん、と頷いたのはレティシアだった。

「わたくしも祖国にいたころは、おいしそうなケーキが他の貴族に奪われていく光景を横目に、愛想笑いを浮かべて相槌《あいづち》ばかり打っていましたもの」

どうやら王族や貴族というのも、なかなかに面倒な立場のようだ。

「二人とも、今夜は遠慮せずに食べてくれ」

「もちろんですよ！　コウさん、ありがとうございます！」

「わたくしも感謝いたしますわ。ふふ、さて、何から食べましょうか」

会話を終えると、レリックは取り皿を片手にものすごい勢いで肉料理の確保を始めた。

王宮の晩餐会における無念を晴らそうとしているのだろう。

一方で、レティシアは手ぶらのまま料理を見て回っている。

まずは眼《め》で楽しむことにしたようだ。

ビュッフェでの動き方って、わりと個人差があるよな。

たとえばスララは色々な料理を少しずつ皿に盛りつけている。

すべてのメニューをコンプリートするつもりなのかもしれない。

アイリスとリリィは二人で一緒に歩き回っており、大きめの皿に料理を取っている。

テーブルに戻ってから、さらにお互いの分を取り分けるつもりなのだろう。

「コウさん、コウさん」

背後から呼びかけられ、俺はゆっくりと振り向いた。

声の主はミリアだった。

「どうした？　何か用事か？」

「まだ、きちんとお礼を言ってなかったな、と思いまして」

ミリアはニコリと明るい笑みを浮かべると、小さく頭を下げた。

「今回は船に乗せてもらうだけじゃなくて、こんな素敵な食事までご馳走《ちそう》してくださって、本当にありがとうございます」

「別に構わないさ。オーネンにいたころ、ミリアには世話になったからな」

「わたし、何かしましたっけ？」

「もちろん」

俺は頷きながら、当時の記憶を振り返る。

「まずは俺が初めて冒険者ギルドに行ったときだ。窓口で、ミリアが応対してくれたよな」

「えっ」

戸惑ったようにミリアが声をあげる。

「それって、普通のことですよね」

「けど、他の窓口にいた事務員は『持病が……』なんて言って逃げ出したぞ」

とはいえ、まあ、当時の俺はアーマード・ベアの首が左肩に乗っかった鎧《よろい》を着ていたわけで、事務員が逃げたくなる気持ちも分からないでもない。

そのことをミリアに話すと、彼女はクスッと笑った。

「そういえば、あのときのコウさんはなかなかワイルドでしたね」

「ミリアは恐くなかったのか？」

「んー」

ミリアは右手の人差し指を口元に当てると、少し考えてから答えた。

「そういう印象はありませんでしたね。だって、コウさんが悪人じゃないことは顔を見れば分かりましたから」

「そいつはありがたい話だな」

「当時からコウさんは只者《ただもの》じゃないと思ってましたけど、まさか別の世界から来た人だなんてビックリです。そういえば、故郷の話、後で聞かせてくれるって言ってましたよね。わたし、とっても楽しみにしているんです。忘れないでくださいね」

「分かった。じゃあ、食事の後にでも話すか」

「ええ、ぜひぜひ」


俺が料理を取ってテーブルに戻ると、すでに全員が席についていた。

オーネンの地下都市で作られた特製の白ぶどうジュースが用意されていたので、それをお互いのグラスに注ぐ。

「王都への無事を祈って、乾杯！」

「「「「乾杯！」」」」

俺を含めて七人の声がレストランの中に響き渡り、にぎやかな雰囲気で食事が始まった。

「コウさん、コウさん！」

「どうしたレリック」

「このコーンスープ、めちゃくちゃクリーミーですよ！　好きだなあ、好きだなあ！　ちょっとおかわりしてきます！」

「転ぶなよ」

「パン、どれもふっくらして絶品ですわね。何個でも食べられそうですわ」

「……チーズグラタン、とろとろでおいしいです」

「本当ね。リリィちゃんの言うとおりだわ。コウもちょっと食べてみない？」

「アイリスがそう言うなら、ちょっと貰《もら》おうかな」

「はい、どうぞ」

「ありがとう。……うまいな」

「ぼく、今日はピザの気分だよ！　ぱくぱく、もぐもぐ！　ぱくぱく、もぐもぐ！」

「スララさん。そんなに急いで食べると、噎《む》せちゃいますよ」

「だいじょうぶだよ、ミリアおねえさん！　……ごほっ、ごほっ！」

「背中、さすってあげますね」

「ありがとう！」

「コーンスープ、やっぱりおいしいなあ！　おいしいなあ！　三杯目取ってきます！」

「レリック様、よほどコーンスープが気に入りましたのね。わたくしの分もついでに取ってきてくださいまし」

「了解です！　行ってきます！」

「……チーズフォンデュ、おいしいです」

「ねえレティシア。そのパン、ちょっともらっていい？」

「もちろんですわ。……チーズに付けるつもりですわね」

「正解よ。あ、コウの分もいい？」

「ふふっ、お二人は本当に仲良しですわね」

「わーい！　いっぱい食べてくれてありがとう！　また来てね！」

食事を終えた俺たちは、コック帽を被ったおせわスライムに見送られながらレストランを出た。

せっかく全員が揃っているのに、このままというのも味気ない。

というわけで、船内後方のバーに行ってみることにした。

「いらっしゃいませ……」

カウンターのところにはワイシャツにベストを纏《まと》ったバーテンダーの姿があった。

ただし、人間ではなくおせわスライムだ。

身体のサイズは他の個体よりも二回りほど大きく、口の周りにはダンディなひげがある。

「おせわスライムもひげが生えるんだな」

「違うよ、マスターさん」

足元でスララが声をあげた。

「あれは付けひげだよ！　きっと、バーの雰囲気に合わせて仮装しているんだよ！」

「スララさん。それを言ったら台無しですよ……」

付けひげのスライムは困ったような表情を浮かべて呟く。

「マスターさん。わたしのことは、おひげスライム、とお呼びください。席は空いておりますので、ご自由にどうぞ」

「分かった。ありがとう」

俺は頷いて、店の奥へと足を踏み入れる。

「大人の世界です……！」

リリィは眼をキラキラさせながら店内を見回していた。

こういう場所に来るのは初めてなのだろう。

まあ、それもそうか。

フォートポートで飲みに行くときはいつもアイリスと二人きりで、リリィはいつもレティシアと一緒に宿へ戻っていたもんな。

「コウさん、どこに座ったらいいですか？」

「そうだな……」

俺は基本的にカウンターの席に座るタイプなんだが、さすがに今回は人数が多い。

おっ。

あっちのテーブル席はどうだろう。

テーブルを囲む形でソファが『コ』の字で置かれ、七人でも余裕をもって座れそうだ。

また、近くの壁はガラス張りになっており、星空と夜の海を見渡すことができる。

「よし、あっちに行ってみるか」

「はい！」

リリィはいつになくテンションが上がっているらしく、小走りになってテーブル席へと向かった。

その後ろを、スララがピョコピョコと飛び跳ねながら追いかけていく。

「わーい！　バーだよ！　ぼく、おとなスライム！」

「リリィさんも、スララさんも、無邪気で可愛《かわい》いですね」

ニコニコと微笑《ほほえ》みながら、ミリアが呟く。

「コウさんはお酒、強いんでしたっけ」

「そこそこ、な」

まあ、人よりほんの少しだけ強い、といったところか。

大酒飲みというほどではない……はずだ。

ちなみに、この世界に来てからは二日酔いになったことがない。

【転移者】の効果のひとつに『状態異常無効』があるので、きっとそのおかげだろう。


バーにはワインをはじめとして、ひととおりの酒類が揃っているらしい。

地下都市から新鮮な果実を持ってきているらしく、フルーツのカクテルもできるようだ。

さわやかでデザート感のあるものを、とおひげスライムに注文すると、いちごのフローズンカクテルが運ばれてきた。

グラスの縁には、小ぶりないちごが二つ、仲良く飾られている。

「なんだかオシャレね」

左隣に座るアイリスが、グラスを掲げながら呟いた。

彼女も俺と同じものを注文している。

「わたしも、お揃いです」

リリィの手元にもいちごのフローズンカクテルがあるものの、こちらはノンアルコールだ。

まだ、十五歳だからな。

それでも大人の気分を味わうには十分らしく、リリィは嬉《うれ》しそうだ。

「いやあ、実はボク、バーに来るのって人生初なんですよねえ」

レリックは物珍しそうな様子であちこちに視線を向けている。

「ボク、基本的に一人で行動するタイプなんですけど、こういうお店に入るってなんだか気後れしちゃうんですよ。いい経験をさせてもらって、すごく感謝してます。ありがたやー、ありがたやー」

パチンと両手を合わせると、レリックは俺のことを拝み始める。

「……もしかして酔ってるのか」

「いやあ、ぜんぜん酔ってないですよ！　ですよ！」

まったく説得力のないセリフを吐きながら、レリックはちびちびとウイスキーを傾ける。

どうやら、すぐに酔いが回るタイプのようだ。

ある意味で燃費がいいと言えるので、ちょっと羨《うらや》ましかったりもする。

「マスターさん。このチーズ、とってもおいしいよ！」

スララはホットミルクを注文しつつ、皿にのったチーズをパクパクと食べまくっていた。

……乳製品ばっかりだな。

その横ではミリアが、運ばれてきた青色のカクテルにレモンを絞り、ストローでぐるぐるとかき混ぜていた。

んん？

なんだこりゃ。

青色のカクテルが、みるみるうちにピンク色に変わっていった。

俺が驚いていると、ミリアがニコッと笑って話しかけてくる。

「面白いですよね。これ」

「どういう原理なんだ？」

「わたしも分からないです。おひげスライムさんに訊《き》いてみましょうか」

「ちょっと待ってくれ。【鑑定】してみる」

　ふむふむ。

　なるほどな。

　現代の科学知識に当てはめて説明すると、このカクテルのなかに含まれている色素は、酸性やアルカリ性など、液体の性質に応じて色を変えるらしい。

　理科の実験に出てきた、リトマス試験紙みたいなものか。

　レモン汁を絞ったことでカクテルが酸性になり、青色からピンク色に変わったのだろう。

　おひげスライムを呼んで確認してみると、やはり、俺の考えは合っているようだった。

「コウさん、すごいですね」

「【鑑定】と、故郷で習った知識のおかげだよ」

「……コウ様、ひとつよろしくて？」

　向かいに座るレティシアが、ブランデー入りの紅茶を傾けながら声をかけてくる。

「せっかくの機会ですし、故郷のことを話してはくださいませんこと？　皆様も、興味がありますわよね？」

　レティシアの言葉に、皆が、俺のほうを見てコクコクと頷く。

「……分かった」

うまく説明できるかどうか分からないが、別に隠すようなことでもない。

俺はコホンと咳払《せきばら》いをすると、日本の話を始めた――。


魔物もいなければ、魔法も存在しない世界。

人類は科学の力によって大きく発展し、その気になればスマートフォンひとつで世界中の人々とコミュニケーションを取れるようになった。

俺はそんな内容を、できるだけ分かりやすく噛《か》み砕きながら、順を追って説明していく。

「マスターさんの故郷は、古代文明に似ているんだね」

「さすがにオリハルコンゴーレムはいないけどな」

とはいえ、いずれは二足歩行する巨大ロボットだって開発されるかもしれない。

技術の発展速度というのは侮れない。

インターネットだって、たった十年かそこらで、一気に普及したからな。

気がつくと、話題はやがて俺のいた世界の紹介から、俺自身のことに移っていた。

「俺は小さいころ、消防士になりたかったんだ。火事のときに火を消したり、取り残された人を救出する仕事だな」

「コウ様にぴったりの仕事ですわね」

三杯目となるブランデー入りの紅茶を傾けながら、レティシアが納得顔で頷く。

「では、あちらの世界では消防士として活躍していましたの？」

「いいや。恥ずかしい話だけど、途中で諦めたんだ」

「……何か、あったんですか？」

ミリアが探るような表情で訊ねてくる。

「あっ。もし言いづらい事情があったら、無理はしないでくださいね」

「大丈夫だ。というか、深い理由はないんだ」

別に、ドラマチックな挫折を経験したわけじゃない。

消防士になるのは大変だし、なんとなく自分には向いていないように思えて、そのまま周囲に流されるような形で就職活動に勤《いそ》しむことになった。

最終的に就職したのは、銀行のデータなどを扱う、それなりに名前の知れたＩＴ企業だった。

ただ、会社の規模が大きいだけあって炎上案件も多かった。

システムの構築が数ヶ月単位で遅れているとか、プロジェクトの責任者が体調を崩したとか、顧客が無茶なオーダーを飛ばしてきたとか。

社内には炎上案件専門の火消し部署《レスキュー》があり、俺はそこに所属していた。

どうやら適性はあったらしく、いくつかの案件を解決するうち、多少の昇進を経てチームを率いるリーダーのような立場になっていた。

「すごいなあ、すごいなあ」

声をあげたのは、いよいよ酔いの回ってきたレリックだった。

もはや身体のバランスを保つことも難しいらしく、膝上にスララを置き、その身体に突っ伏すように寄りかかっている。

「つまりコウさんはぁ、あっちの世界にいたときからぁ、コウさんだったわけですねぇ」

「……どういう意味だ？」

俺は首を傾げて訊ね返す。

だが、答えは返ってこなかった。

「くぅ……。すぅ……」

聞こえてくるのはレリックの寝息だ。

スララのことを抱き枕の代わりにして、そのまま眠っていた。

随分と気持ちよさそうな表情だ。

スララのほうは「レリックおにいさんはしかたないなぁ」と言いたげな表情を浮かべている。

「……レリックさんの言いたいこと、少し、分かります」

二杯目となるいちごのノンアルコールカクテルを飲みながら、リリィが言った。

「コウさんは、オーネンやトゥーエ、スリエ、それからフォートポートでたくさんの人々を助けてきました。……それと同じことを、向こうの世界でも、していたんですね」

「まあ、人助けって意味では似たようなものかもな」

俺がそう答えたときだった。

「ちょっと待って」

アイリスが、ふと、何かに気づいたように声をあげた。

「向こうの世界にいたころのコウって、剣とか斧《おの》とか、いわゆる武器を手に持って戦うような仕事には就いてなかったのよね」

「ああ」

仕事で使っていたのは、せいぜい、キーボードかタブレット、あとはスマートフォンくらいか。

……見事に電子機器ばっかりだな。

「じゃあ、コウが初めて武器を握って戦ったのって——」

「商人のクロムさんを助けたときだよ。相手はアーマード・ベアだったな。たしか、高ランクの魔物なんだっけ」

「ええ。ずぶの素人が勝てるような相手じゃないわ。……というか、怖くなかったの？」

「もちろん怖かったさ」

当時のことを思い出しながら俺は答える。

「でも、俺には【器用の極意】があったし、【創造】のおかげで強力な武器も持っていた。……なにより、誰かを見捨てるようなことはしたくなかったんだ」

「……本当に、何から何まで規格外よね」

くすっ、と小さく笑いながらアイリスが言う。

「スキルもそうだけど、昨日まで武器ひとつ手にしたことがなかった人が、いくら強いスキルがあるからって、自分から戦うことを選ぶなんて普通はできることじゃないわ」

「人というものは、大きな力を持ったときこそ、本質が露《あら》わになるものですわ」

紅茶のカップをテーブルに置くと、レティシアは落ち着いた声でそう言った。

「規格外のスキルを手にしても、それを自分のためではなく、誰かを助けるために使っているわけですから、コウ様はどこまでも善良な方なのだと思いますわ」

「コウの人柄がいいから、この世界に召喚されたのかもしれないわね」

「……そうか」

真正面から善良とか人柄がいいと言われると、さすがに気恥ずかしくなってしまう。

俺は短く答えると、グラスの底に残っていたカクテルを飲み干した。

そんな俺を見て、左横のアイリスがトン、と肩をこちらに寄せて呟いた。

「照れてるの？」

「……まあ、な」

「ふふっ」

「どうした」

「大したことじゃないわ。召喚されたのがあなたでよかった。そう思ったの」

アイリスは上目遣いでこちらを見て、ふっと表情を緩める。

俺は触れ合った肩の温度を感じながら、先ほどおひげスライムが出してくれた水を飲み干した。

第四話　王都に急いでみた。

俺の話が一段落したところで、場はお開きとなった。

「むにゃ……。野良の遺跡を発見しましたよ、コウさん……」

レリックはすっかり眠り込んでおり、気持ちよさそうに寝言を呟《つぶや》いている。

というか、野良の遺跡ってなんだ？

まあ、夢なんてものは脈絡もなければ論理もないものだし、そこに理屈を求めるのは野暮というものだろう。

「レリックおにいさんは、ぼくたちがお部屋まで運ぶね」

「みんなでスララをてつだうよー」

「あんしん、あんぜんの、おせわスライム運送だよ！」

そうしてレリックは、スララをはじめとするおせわスライムたちに背負われ、えっさほいさと自分の部屋へ運ばれていった。

「……ちょっと、羨《うらや》ましいです」

リリィが、ぽそりと呟く。

ところでブラズニルの船内ではたくさんのおせわスライムたちが働いている。

そしてスライムたちは、名前のとおり、おせわすることが大好きだ。

たまたま近くを転がっていたおせわスライムがリリィの言葉を聞きつけ、他の仲間を呼び寄せた。

「みんなで、リリィおねえちゃんをお部屋に運ぶね」

「ぷにぷに、ぽよぽよの、おせわスライム交通だよ！」

「れっつごー！」

「えっ？　えっ？　あわわわわ……」

こうしてリリィは、あれよあれよというまにおせわスライムたちに担ぎ上げられ、たったかたーと自分の部屋に運ばれていった。

「なるほど。完全に理解しましたわ」

レティシアがパチンと指を鳴らす。

結果はもはや言うまでもないだろう。

ついでに、なぜかミリアも連れていかれた。

こうして後に残ったのは俺とアイリスの二人だけだった。

「あたしたちは歩きましょうか」

「そうだな」

というわけで、俺たちはおせわスライムに頼らず、自分の足で部屋を目指すことになった。

ただ、ブラズニルはとても広く、俺もまだ内部構造を把握しきっているわけではない。

【オートマッピング】を発動させて、船内地図を見ながら歩くことにする。

「ねえ、コウ」

耳元で、アイリスが囁《ささや》く。

「ちょっと寄り道していかない？」


外の空気が吸いたい。

アイリスがそう言ったので、俺は進路を変更して甲板へ向かった。

「涼しいわね。なんだか落ち着くわ」

「酒を飲んだ後だから、尚更《なおさら》だな」

俺たちは甲板の縁に寄りかかり、並んで景色を眺めることにした。

ブラズニルはいつのまにか高度を上げていたらしく、雲よりも高い位置にあった。

視界を遮るものは何ひとつ存在せず、頭上には満天の星が広がっている。

「いい景色ね」

「ああ、きれいだな」

俺は左にいるアイリスの横顔を眺めながら頷《うなず》いた。

酒を飲んだせいか、首筋の白い肌がうっすらと火照っている。

俺の視線に気づいたのか、アイリスがいたずらっぽい表情を浮かべてこちらを向く。

「今の返事って、星空のこと？　それとも、あたし？」

「……さあな」

曖昧に答えて、俺は空を見上げる。

「コウ、照れてるでしょ。顔、ちょっと赤いわよ」

「かなり飲んだからな。そのせいだ」

実際のところは、俺自身もよく分からない。

ただ、学生時代に戻ったような甘酸っぱい気持ちになっているのは確かだった。

そのまましばらくのあいだ、お互いに軽く肩を寄せ合って、静かな時間を過ごした。

言葉はなかったが、その沈黙は決して気まずいものではなく、むしろ心地よく感じられる。

やがて、アイリスが小声で呟いた。

「……どうして、コウが召喚されたのかしら」

「そればっかりは、分からないな」

四千年前に『【転移者】召喚計画』に関わった人間が今日まで生き残っていれば、俺が召喚対象に選ばれた理由も分かるかもしれない。

ここはファンタジーの世界だし、古代文明は高度なテクノロジーを持っていたわけだから、どこかに古代人が冷凍保存されていたりしないだろうか。

……なんてな。

今日は飲みすぎたせいか、思考が変な方向にいきがちだ。

横目でアイリスの表情を伺う。

いつもよりも艶《つや》めいて見えるのは、酔っているせいだろうか。

……自制しよう。

軽率な行動に出て今の関係を崩したくはない。

お互いが、お互いに少しだけ寄りかかっていられる。

そんなバランスも、きっと、尊いものだ。


甲板から船内に戻ったあと、俺はアイリスを部屋まで送っていくことにした。

「じゃあ、また明日ね」

「ああ。おやすみ」

互いに言葉を交わして、部屋の前で別れる。

アイリスはドアを開けたところで、ふと、俺のほうを振り向いた。

「何か用事か？」

「……ううん。お互い、早く寝たほうがいいわよね」

それはアイリスの言うとおりだろう。

明日には王都に到着するが、これまでの旅を考えると、いきなりトラブルに巻き込まれる可能性も決してゼロじゃない。

「あんまり夜更かしせずに、きっちり睡眠を取るべきだろうな」

「そ、そうよね」

アイリスはなぜか右手で、くるくると横髪をいじりながら頷いた。

「えっと、あたし、最近ちょっと寝つきが悪くって。コウ、なにかいいアイテム、持ってない？」

「ちょっと待ってくれ。探してみる」

そういえばブラズニルを【創造】したとき、スキルのランクが26に上昇していた。

作れるアイテムも増えていたよな。

どんなレシピだっけ。

随分と懐かしい素材を使うヤツだったが……これだな。

パンチラビットの毛皮×一　→　パンチラビットのパジャマ（男性用）×一
パンチラビットの毛皮×一　→　パンチラビットのパジャマ（女性用）×一

一瞬、お揃《そろ》いのパジャマという発想が頭をよぎったが、そのまま心のゴミ箱に捨てておく。

パンチラビットというのは、オーネンの周辺に生息しているウサギの魔物だ。

一撃必殺のパンチを得意としているため『パンチラビット』と呼ばれているそうだ。

その毛皮は柔らかいだけでなく、保温効果に優れている。

安眠にはぴったりだろう。

というわけで【アイテムボックス】の内部で【創造】を発動させ、パンチラビットのパジャマを作り出す。

当然ながら女性用だ。

付与効果は《肌触りA＋》と《安眠S＋》、まさに期待どおりのアイテムと言える。

俺は【アイテムボックス】からパジャマを取り出す。

手触りはふわふわでもこもこだった。

これは気持ちいい。

ちなみに頭のところにはウサ耳のフードが付いている。

「これ、よかったら使ってくれ」

俺は《安眠S＋》が付与されていることを説明して、アイリスに毛皮のパジャマを手渡した。

「貰《もら》っていいの？」

「ああ。睡眠の質を確保するのは大事なことだからな」

「……ふふっ」

「どうした？」

「ううん。コウらしいな、って思っただけ」

アイリスはパジャマをぎゅっと胸に抱きしめながら微笑《ほほえ》む。

その表情がやけに可愛《かわい》らしくて、ここで別れるのがなんだか惜しくなってしまう。

おっと。

落ち着け、落ち着け。

睡眠の質と同じくらい、睡眠時間は大事だからな。

もうすぐ寝ようってときに、あんまり会話を引き延ばすべきじゃない。

「それじゃあ俺は行くよ」

「ええ、おやすみなさい」


アイリスの部屋から少し離れたところに俺の部屋はある。

ドアを開けて中に入ったところで、ふと冷静になって考える。

「……俺、何やってるんだ？」

アイリスにパジャマを渡したのは、たとえるならＭＭＯＲＰＧで装備品を譲るような感覚だった。

けれど、付き合っているわけでもない女性に衣服を贈るのは距離感としてどうなのだろう。

「まあ、今さらか」

アイリスは喜んでいるようだったし、彼女としても「役に立つアイテムを貰った」くらいの感覚かもしれない。

そこを悩んでいても意味がない、と割り切れるようになったのは年齢のおかげなんだろうな。

十代の頃だったら、たぶんベッドに寝転がったあとも悶々《もんもん》としていたはずだ。

切り替えていこう。

部屋はいつもどおり（？）スイートルームとなっており、寝室のほかにリビングやキッチン、浴槽付きのシャワールームなどが揃っている。

異世界に来てからというもの、明らかに生活の質は上がっているよな。

なぜ俺が召喚されたのかは分からないが、この点については、古代文明の人々に感謝してもいい。

風呂を済ませて、ベッドで横になる。

今日も色々なことがあった。

フォートポートの人たちがわざわざ見送りに来てくれたのは嬉《うれ》しいことだし、あんなふうに温かく送り出してもらえると、またいつか立ち寄ろう、という気持ちになれる。

表彰式が終わったら、フォートポートのカジノでめいっぱい遊んでみたいところだ。

久しぶりにゲーマーの血が騒ぐな。

レリックが持ってきた記録水晶からは『【転移者】召喚計画』とやらが一度は凍結されたことが分かったが、まだまだ不明な点は多い。

ともあれ、俺が異世界人であることを皆が受け入れてくれてよかった。

王都ではどんな出来事が待っているだろうか。

それでは、おやすみなさい。

コンコン、コンコン。

控えめなノックの音で、俺は目を覚ました。

窓の外はまだ暗い。

壁に掛かっている時計は午前四時を指している。

朝食ってわけじゃないだろうし、いったい誰だろう。

俺はベッドから起き上がると、部屋のドアを開ける。

そこにはリリィの姿があった。

不安げな瞳で、俺のことを見上げている。

「コウさん。……こんな時間に、ごめんなさい」

「別に構わないさ。どうした。悪い夢でも見たのか」

俺がそう訊《たず》ねると、リリィはコクリ、と頷いた。

「【予知夢】を見たんです」

「どんな内容だったんだ？」

「実は……」

そう言ってリリィが語り始めたのは、今日、これから起こる出来事だ。

場所は王都、そこに新たな災厄として巨大な白い竜が現れ、すべてを氷の中に閉じ込めるという。

「王都の人たちは、自分の身に何が起こったか分からないまま氷漬けにされて……一瞬で、息絶えていました」

リリィの声は明らかに震えていた。

夢の中とはいえ、大勢の命が失われる瞬間を目の当たりにしたわけだから、当然といえば当然だ。

しかもそれが未来に起こるはずの出来事であるなら、尚更だ。

「大丈夫か、リリィ」

「……はい」

リリィは気丈な様子で頷くと、さらに言葉を続ける。

「災厄が出現するのは朝の、たぶん、午前九時ちょうどだと思います」

「どうして分かるんだ？」

「夢の中に、大きな時計が出てきたんです。王都の、広場のような場所でした」

なるほどな。

確かに大きな街の広場なら、モニュメントのひとつとして時計が置かれていてもおかしくない。

「教えてくれてありがとうな」

俺はリリィの頭をぽんぽん、と撫《な》でる。

「とりあえず、王都に急いだほうがいいだろうな。うまくいけば、先回りして被害を食い止めることができるかもしれない」

「でも」

と、リリィは悲しそうに告げる。

「いままで【予知夢】が外れたことはありませんでした。だから、今回もきっと……」

「それはどうだろうな」

「えっ？」

先日、レティシアは俺のことを強欲竜の生まれ変わりだと言っていた。

そして強欲竜は、己の望みを叶《かな》えるために規格外の進化を引き起こす【覚醒】という固有能力を持つらしい。

もしも俺に【覚醒】とやらが備わっているのなら、未来のひとつやふたつ、本気を出せば変えられるはずだ。

リリィには他の皆を起こすように頼み、俺は船の指令室へと向かった。

今は一秒でも時間が惜しい。

脳内で【アイテムボックス】を開き、戦闘時の装備に切り替える。

全身がパッと金色の光に包まれ、アーマード・ベア・アーマーとバスタード・ガントレット、そしてフェンリルコートが装着された。

「……よし」

俺は大きく息を吸うと、フェンリルコートの付与効果を発動させる。

――《神速の加護ＥＸ》。

発動と同時に、集中力が極限まで高められる。

今の俺にとって一秒は無限大の時間に等しい。

さあ、行こう。

全速力でブラズニルの船内を駆け抜け、指令室の前で立ち止まる。

《神速の加護ＥＸ》を解除してからドアを開けた。

指令室の中には、深夜にもかかわらず十匹ほどのおせわスライムたちの姿があった。

「速度、問題ないよ！」

「進路もおっけーだよ！」

「船内の異常も……あっ、マスターさん！」

一匹のおせわスライムが、俺の存在に気づいて声をあげる。

「どうしたの？　ぼくたちに何かご用事かな？」

「ちょっと頼みがある。王都まで急いでもらっていいか」

俺はそう言ってから、リリィの【予知夢】について説明する。

「えええええええっ！」

「災厄！　災厄が来るの!?」

「ぴー！　たいへんだよ！　たいへんだよ！」

たちまち、指令室は大騒ぎとなった。

おせわスライムたちは揃ってその場から飛び上がると、バタバタと自分の持ち場について機械の操作を始める。

「魔導エンジンの出力を最大値にするよ！」

「急ぐよ！　急ぐよ！」

「ちょっと船が揺れるから、気をつけてね！」

グン、と。

一瞬、船に強いＧがかかる。

正面のメインモニターには船外の風景が表示されているが、左右を、ものすごい速度で雲が流れていく。

どうやら、かなりスピードアップしたらしい。

「王都には何時くらいに着きそうだ？」

俺はすぐ近くにいたおせわスライムに問いかける。

「ちょっと待ってね！　えっと、午前十一時くらいかなあ」

「……まずいな」

リリィの【予知夢】によれば、災厄が出現するのは午前九時ちょうどだ。

このままだと、間に合わない。

「もっと速度を出す方法はないか？」

「あるよ！　ただ、マスターさんにもお仕事をしてもらうことになっちゃうけど、いいかな」

「もちろんだ。教えてくれ」

俺が頷くと、おせわスライムは手元の機械に取り付けられているキーボードをシュパパパパパッとタイピングした。

すると、すぐ近くにあったサブモニターに、船内の見取り図が表示される。

「いま、魔導エンジンのリミッターを解除したよ。あとはマスターさんが魔力を注いでくれたら、今よりもずっとすごいスピードが出るはずだよ」

「エンジンはどこにあるんだ？」

「船の一番後ろの、機関室だよ！」

「分かった。任せてくれ」

俺はそう答えると、すぐに指令室から駆け出した。

フェンリルコートの付与効果である《神速の加護ＥＸ》を発動させる。

一呼吸もしないうちに数百メートルの距離を駆け抜け、俺はブラズニルの最後尾にある機関室に辿《たど》り着いた。

当然といえば当然かもしれないが、機関室はかなり大きい。

面積としては中学や高校のグラウンドに匹敵するだろう。

だが、決して広いとは感じない。

円柱形、あるいは球形の巨大な装置が所狭しと並び、それぞれがコンビナートのようなパイプで繋《つな》がっている。

そのあいだを、大勢のおせわスライムたちが忙しそうに駆け回っていた。

「はたらけー！　はたらけー！」

「はたらくー！　はたらくー！」

「ぼく、おしごとスライム！　いっぱいおしごとするよ！」

どうやら船の速度を上げるために、皆、頑張ってくれているらしい。

近くにいた一匹に声をかけると、すでに俺が来ることは聞いていたらしく、機関室の奥へと案内してくれた。

「こっちだよ、マスターさん！　かもんかもん！」

ピョコピョコと床を跳ねるおせわスライムを追いかけ、いくつものパイプを跨《また》いでいく。

そうして辿り着いたのは、祭壇のような場所だった。

祭壇の中央には台座があり、青色の水晶玉が据え付けられている。

「これは？」

「魔導エンジンに、魔力を追加供給するための装置だよ！　水晶玉に触れて、魔力を流し込んだらミッションコンプリートだよ！」

「どれくらい注げばいいんだ？」

「できるかぎり！　いっぱい！　たくさん！　多ければ多いほど、ブラズニルの速度が上がるよ！」

「分かった」

今は一刻を争う事態だ。

全力でいこう。

俺は右手を水晶玉の上に置いた。

じんわりと温かい。

ところで現在、俺のレベルは１０９だ。

ＭＰは６５８００、これは一般的な魔術師６５８人分に相当する。

そのすべてを、一気に注ぎ込んだ。

ピカッ！

水晶玉から、目が眩《くら》むほどの輝きが放たれる。

「マスターさん、すごい魔力量だね……！」

足元で、おせわスライムが感嘆のため息をついた。

「これなら、かなりのスピードが出せると思うよ」

「まだだ」

「え？」

「二回目、いくぞ」

俺の場合、ＭＰは一秒につき一パーセントずつ回復する。

十五秒ほどのインターバルを置いて、再び、水晶玉に魔力を注ぎ込んだ。

ＭＰに換算すると一万ほどになる。

「まだまだ続けるぞ。……三回目だ」

「ひえええええっ！」

「四回目もやっておくか」

「あわわわ……」

「よし、五回目だ。——ん？」

なんだか、水晶玉がやけに熱いな。

「マスターさん！」

おせわスライムが焦ったように声をあげた。

「入れすぎ！　入れすぎだよ！」

「そうか？　……そうかもな」

現在までに注ぎ込んだ魔力量はＭＰにして10万、一般的な魔術師千人分に匹敵する。

ちょっとやりすぎたかもしれない。

俺が頬《ほお》を掻《か》いていると、機関室のあちこちから「ブオオオオオンッ！」という激しい駆動音が聞こえ始め、やがて、船全体がグラグラグラッと大きく揺れた。

大丈夫なのか、これ。

魔力の過剰供給で魔導エンジンが爆発するとか、そんな展開は勘弁してくれよ。


結論から言えば、船は無事だった。

指令室に戻ってみると、そこにはスララの姿があり、現在のブラズニルの状況について教えてくれた。

「マスターさん！　聞いて、聞いて！　すごいことが起こっているよ！」

「どうしたんだ？」

「マスターさんが魔力を注いでくれたおかげで、船が、とっても速くなったんだ！」

スララはその場でシュッシュッと反復横跳びを繰り返す。

現在のブラズニルの速度だが、なんと、通常時の三倍に匹敵するらしい。

「それだけじゃないよ！　見て！」

スララは興奮した様子で、指令室の正面にあるメインモニターに目を向ける。

そこには周囲の風景が映し出されているが、全体として、うっすらと赤い。

まるで画面にフィルターでもかけているかのようだ。

何が起こっているのか訊ねてみると、俺が魔力を注いだ影響は魔導エンジン以外にも及んでおり、どうやらブラズニルを包むバリアの強度が増したらしい。

これは高校の頃に習った知識だが、物体というのは速度が増せば増すほど、空気抵抗が飛躍的に大きくなっていく。

現在のブラズニルは通常の三倍の速度を出しているので、空気抵抗はその二乗で九倍になる。

普通ならば船は激しい揺れに晒《さら》され、最悪の場合はコントロールを失って墜落するだろう。

だが、バリアが強化されたおかげで空気抵抗は大きく軽減され、ブラズニルは高速で飛行しながらも、心地良い安定を保っているようだ。

それにしても、と俺は内心で呟く。

魔力を注入した結果、船がスピードアップするだけでなく、バリアまでも強化された。

まさに予想外の変化だが、どうしてそんなことが起こったのか原因を考えると、やはり——

「——コウ様の【覚醒】が作用したのかもしれませんわね」

まるで俺の思考を先回りするように、耳元で声が聞こえた。

ハッとして振り向けば、そこにはレティシアの姿があった。

口元に手を当て、クスッと笑いながら俺に言う。

「コウ様、考えが口から漏れていましてよ」

「なんだって？」

「そういうところ、昔と変わりませんわね。ふふっ。……まあ、姉ぶるのはこれくらいにしておきましょうか」

レティシアはいたずらっぽい様子で呟くと、くるんと一回転しながら後ろに下がる。

彼女の長い金髪と、翠《みどり》色のスカートの裾がふわりと翻る。

その動作は、思わず見惚《みと》れてしまうほどに流麗なものだった。

ここが舞踏会の会場だったなら、周囲の注目を一身に集めていたことだろう。

そんなレティシアの姿を眺めていると、なぜか、胸の奥を掻きむしられるような懐かしさがこみ上げてくる。

……俺は本当に、彼女の弟の生まれ変わりなのかもしれないな。

それからほどなくして、アイリス、リリィ、レリック、ミリアの四人が指令室にやってきた。

レティシアとスララは最初からここにいたので、これで全員が揃ったわけだ。

「コウ。リリィちゃんから話は聞いたわ」

アイリスが真剣な表情で話しかけてくる。

「王都に、災厄が現れるそうね」

「ああ。【予知夢】によると白い竜らしい」

「……コウさん」

リリィが不安そうな表情で訊ねてくる。

「わたしたち、間に合いますか」

「おそらくな」

さっきスララに計算してもらったが、ブラズニルが王都に到着するのは午前八時三十分頃らしい。【予知夢】によると災厄の出現は午前九時ちょうどなので、予定どおりなら俺たちのほうが先回りできるはずだ。


指令室の壁掛け時計は、現在、午前五時三十二分を指している。

王都に到着するまで、およそ三時間だ。

そのあいだに俺たちは災厄の対策を話し合うことになった。

「……とはいえ、情報が足りないな」

今のところ判明しているのは、白竜が王都を氷漬けにする、という一点だけだ。

「誰か、何か知らないか？」

そう訊ねてみたものの、答えはなかった。

さて、どうするかな。

俺が考え込み始めた矢先、レリックが驚きながら大声をあげた。

「アイリスさん！　なんか出てます！　出てますよ！」

「えっ？　……きゃっ!?」

アイリスの悲鳴が小さく響く。

そちらを見れば、彼女の腰に下がっているポーチから、青白い穂先を持つ槍《やり》――聖竜槍《せいりゅうそう》フィンブルがゆっくりと姿を現しつつあった。

アイリスは槍に触れていない。

槍がひとりでに動いて、ポーチから出ようとしているのだ。

なんだかホラー映画のような光景だが、フィンブルはただの槍じゃない。

無銘の聖槍と竜神の盾、二つの神器から【創造】されたアイテムであり、《竜神の加護ＥＸ》《真・竜神結界ＥＸ》《絶対凍結ＥＸ》という三つの強力な付与効果を持つだけでなく、自らの意思というべきものを有している。

もしかしたら、災厄について伝えたいことがあるのかもしれない。

「アイリス。フィンブルを握ってもらっていいか？」

「……分かったわ」

俺の言葉に頷くと、アイリスは槍を手に取り、ポーチから完全に取り出した。

「あっ」

「どうした？」

「槍の声が聞こえるの。ちょっと待ってもらっていい？」

アイリスはそう言うと軽く瞼《まぶた》を閉じた。

おそらく、フィンブルの言葉に意識を集中させているのだろう。

それから一分ほど過ぎたころ、パチリ、とアイリスが瞼を開く。

「皆、聞いてもらっていい？　災厄のことが分かったわ」

アイリスの話によると、フィンブルは四千年前……『無銘の槍』だったころに白い竜の災厄と戦ったことがあるらしい。

災厄の名前は『絶壊の白竜』という。

【予知夢】にも出てきたが、冷気を自在に操り、あらゆるものを凍りつかせるそうだ。

古代文明が滅びる原因の一端を担っており、当時、大陸ひとつをまるごと氷漬けにしてみせたという。

「つまり、後手に回ったら負けってことか」

相手の出方を窺《うかが》っていたら氷漬けにされていました……なんて展開になったら、さすがに目も当てられない。

白竜が出現したら即座に叩《たた》き潰《つぶ》してしまうのが理想だろう。

以前に比べれば俺たちの戦力はずっと充実しているし、決して不可能ではないはずだ。


作戦会議そのものは三十分ほどで終わり、俺たちは朝食を済ませるために船内のレストランに向かった。

「マスターさん！　いっぱい食べて、ばばばばばーんと活躍してね！　ほーむらん！」

コック帽のスライムはすでに厨房《ちゅうぼう》に入っていたらしく、すぐに食事が運ばれてくる。

大きな皿の上に、さまざまな種類のサンドイッチが並んでいる。

好きなものを取って食べる形式のようだ。

俺はゲン担ぎのつもりで、カツサンドを口に運ぶ。

シャキシャキの千切りキャベツに、サクサクの衣に包まれた肉厚のカツがほどよくマッチしている。

朝食にしては重いメニューのはずだが、ついつい手が止まらず、俺ひとりで五個も六個も食べてしまっていた。

「コウさん、元気ですね！　すごいなあ、すごいなあ」

レリックのほうを見れば、あまり食が進んでいないようだった。

どうやら昨夜の深酒で胃が荒れているらしい。

「飲んでみるか？　治るかもしれないぞ」

俺はそう言って【アイテムボックス】からポーションを取り出した。

「ありがとうございます。コウさん。じゃあ、失礼して……」

レリックはポーションを受け取ると、ゴク、ゴクと飲み干す。

さて、効果はどうだろうか。

「コウさん！」

「ああ」

「これ、すごいですよ！　胸がスッキリして……今なら、無限に食べられそうです！」

シュパパパパパパパパ。

レリックは疾風《しっぷう》怒濤《どとう》としか言いようのない動きで、次々にサンドイッチを口に運んでいく。

「ああ、おいしいなあ！　おいしいなあ！　――ごほっ、ごほっ」

「レリックさん、大丈夫ですか？」

ミリアが苦笑しながら、水の入ったコップを手渡す。

「ありがとうございます！　さあ、まだまだ食べますよ！　今のボクなら大食いで天下が取れるかもしれません！」

その勢いで白竜も食べてくれないだろうか。

なんてな。

第五話　災厄と戦ってみた。

食事を終えた後、ひとまずその場で解散となった。

俺は部屋のソファに寝転がって三十分ほど仮眠を取ったあと、シャワーを浴び、指令室へと戻る。

「マスターさん、王都が見えてきたよ！」

指令室にはスララがいて、床をピョコピョコと跳ねながら俺の足元にやってくる。

正面のメインモニターに目を向けると、青い海の向こうに、大きな都市が見えた。

あれが王都だろうか。

規模としてはかなり大きい。

東京ほどではないが、地方の大都市に匹敵するくらいの広さはある。

王都の南側は海に面しており、フォートポートのような港になっていた。

たくさんの船がさかんに行き来している。

ブラズニルはフォートポートを出発してからひたすら北上を続けていたが、ここで大きく右に旋回し、王都から西に少し離れた場所へと向かう。

ここが災厄の出現地点だ。

指令室の壁掛け時計を見れば、午前八時二十五分となっている。

予定よりも早く到着したな。

災厄が現れるまで、あと三十五分もある。

時間に余裕があるのはいいことだ。

焦りはミスを生むからな。

それじゃあ、作戦会議で決めたとおりに動くとしよう。

「一度、ブラズニルを着陸させてもらっていいか」

俺がそう告げると、スララを含めた指令室のおせわスライムたちが一斉に「あいあいさー！」と返事をした。

ほどなくして、ズゥゥゥン、という低い音とともに、足元が沈み込むような感覚があった。

「マスターさん、無事に着陸できたよ！」

スララが笑顔で教えてくれる。

「よし。それじゃあ、ちょっと外に出てくる」

「うん！　マスターさん、いってらっしゃい！」

俺は指令室を離れると、甲板へと向かった。

船外に繋《つな》がるドアを開ける。

まず最初に目に入ったのは、きれいに澄み渡った青空だった。

朝日が、地上を明るく照らしている。

甲板の端にある梯子《はしご》を伝って地上に降りたあと、俺は【アイテムボックス】を開いた。

デストロイゴーレムとグランド・キャビンの取り出しを念じる。

地面に巨大な魔法陣が浮かび、機械の巨人と超大型の馬車が現れる。

「オ久シブリデス、マスター」

デストロイゴーレムのデストは、左腕を腹部に、右腕を背部に付けると、まるで執事のような動きでお辞儀をした。

「何カ、ゴ用事デショウカ？」

「ああ」

俺は頷《うなず》き、この後の行動について説明する。

デストには、レリックとミリアの二人を王都に運んでもらう予定だ。

二人とも非戦闘員だからな。

安全のため、後方に下がってもらうことにした。

「合点承知デス！　オ任セクダサイ！」

俺の説明を聞き終えると、デストは頼もしい様子で、ドン、と自分自身の胸を叩《たた》いた。

そうしているうちに、レリックとミリアの二人がやってくる。

「わあああ！　これがグランド・キャビンですか！　大きいなあ、大きいなあ！」

「コウさん、お待たせしました。ちょっと船の中で迷子になっちゃいまして……」

「問題ないさ。俺もさっき来たばかりだからな。さあ、二人とも乗ってくれ」

俺はグランド・キャビンのドアを開けると、中に入るように促す。

「コウさん。ちょっといいですか」

「何かあったか、レリック」

「昨日も言いましたけど、王都のアカデミーには未解読の古文書がたくさん保管されているんです。古文書にはコウさんの役に立つ内容が書いてあるかもしれません。だから、ええと……」

レリックは言葉に迷っているらしく、困ったような表情を浮かべると、右手で髪をわしゃわしゃと掻《か》き上げる。

「ふふっ。レリックさんは、コウさんのことを心配しているんですよね」

ミリアが、ふんわりと包み込むような微笑《ほほえ》みを浮かべて告げる。

「こういうときは素直に、無事に帰ってきてください、って言えばいいんですよ」

「ああ、それです！　それ！　ありがとうございます！」

レリックはパァッと明るい表情を浮かべると、ミリアに礼を告げ、俺に向き直る。

「いやあ、これまで研究ばっかりで人付き合いをしてこなかったツケが回ってきちゃいましたね。すみません、すみません。コウさん、どうかご無事で。ボク、応援してます」

「コウさん。わたしからもいいですか？」

ミリアはコホン、と咳払《せきばら》いをすると、いつになく真面目な表情を浮かべる。

「王都では十万を超える人々が暮らしています。……もしリリィちゃんの【予知夢】どおりの事態が起こったなら、かつてないほどの大惨事になるでしょう。わたしやレリックさんも無事では済まないと思います」

「責任重大だな」

「はい。……黒竜のときもそうでしたが、コウさんにばかり重荷を押しつけてしまってごめんなさい。もしも白竜が手に負えないと感じたら、そのときはどうか、自分のことを最優先してください」

「……確約はできないな」

「ですよね」

ミリアは苦笑交じりに頷く。

「コウさんは、そういう方ですもんね。ごめんなさい。変なことを言っちゃって」

「構わないさ。心配してくれてありがとうな」


「ソレデハ出発シマス！　マスター、ゴ武運ヲ！」

デストは、ガシャン、と俺に向かって敬礼すると、レリックとミリアを乗せた馬車を引きながらブラズニルから離れていった。

その姿を見送ったあと、俺は船内に戻った。

廊下の壁掛け時計は、午前八時三十八分を指している。

あと二十二分か。

指令室に入ると、スララが明るい声で出迎えてくれる。

「マスターさん、おかえりなさい！」

「ただいま。そろそろブラズニルを発進させてくれ。戦いが終わるまで、船のことはスララに任せていいか？」

「うん！　えへへ、ぼく、マスターさんに頼られちゃった！」

スララはぷるぷると嬉《うれ》しそうに身体を震わせると、どこからともなく白い帽子を取り出した。

帽子の正面には錨《いかり》のようなマークが刺繍《ししゅう》されている。

「ぼくはいまから、ブラズニルの艦長さんだよ！　えへん！」

その言葉に、周囲のおせわスライムが反応する。

「わー！　いいなー！」

「艦長さん！　発進準備、おっけーだよ！」

「指示をくださーい！」

「よーし、いくよー！」

スララは大きく息を吸うと、普段よりちょっとハリのある声で宣言した。

「ブラズニル、発進だよ！」

「「あいあいさー！」」

おせわスライムたちはそれぞれ持ち場に着き、船の装置を動かし始める。

ほどなくして、足元が小さく揺れた。

正面のメインモニターには周囲の風景が映し出されていたが、地面がだんだん遠ざかっていく。

無事に離陸できたようだ。

「それじゃあ、俺は甲板に行ってくるよ」

「マスターさん、頑張ってね！　ふぁいとー、おー！」

俺はスララに見送られながら指令室を出る。

……おおっと。

廊下の左右には、なぜか、ずらりとおせわスライムが並んでいた。

まるで開店直後のデパートみたいな光景だ。

「ぼくたち、マスターさんを見送りに来たよ！」

「気をつけてね！　ケガしないでね！」

「応援してるよ！　えい、えい、おー！」

「皆、ありがとうな」

俺は左右から投げかけられる声援に応えながら廊下を進む。

途中で目に入った壁掛け時計は、午前八時四十六分を指していた。

残り、十四分。

決戦の時は、少しずつ近づいている。

奥の階段を上って、甲板に出た。

そこにはすでにアイリス、リリィ、レティシアの姿があった。

「皆、もう来てたのか」

「ええ。船の中にいてもなんだか落ち着かなくって」

「コウさん。もうすぐ、ですね」

「そういえば、災厄と戦うのは初めてですわね。ふふっ、腕が鳴りますわ」

レティシアは不敵な笑みを浮かべると、シュッ、シュッと虚空に向かって素早いジャブを繰り出した。

どうやら気合は十分のようだ。

「ねえ、コウ」

アイリスが声をかけてくる。

その右手には、聖竜槍《せいりゅうそう》フィンブルが握られていた。

「作戦会議のときにフィンブルが言ってたでしょう？　彼女、四千年前に白竜と戦ったことがあるって。さっき、詳しいことを教えてもらったの」

彼女？

フィンブルに意識があることは知っているが、女性なのだろうか。

……って、それは本題じゃないな。

アイリスが話してくれたのは、フィンブルが無銘の聖槍だった当時の出来事だ。

四千年前、古代文明の人々は不完全ながらも神器の力を引き出す技術を持っており、当時、槍《やり》の名手として知られた女性騎士に無銘の聖槍を与えたらしい。

そうして災厄に――絶壊の白竜に挑んだものの、結果は惨敗。

女性騎士は命を落とし、無銘の聖槍は三つに砕かれてしまったという。

「つまり、今回の戦いはフィンブルにとってリベンジマッチ、ってことか」

「そうね。自分自身の仇《あだ》を討つんだ、って張り切っているみたい」

アイリスの言葉に頷くように、フィンブルの穂先がピカピカと明滅を繰り返す。

「これは頼もしいな」

「あたしも全力を尽くすわ。期待しておいてちょうだい」

「よろしく頼む」

アイリスにそう声をかけてから、俺はリリィのほうに視線を向けた。

リリィは不安そうな表情を浮かべている。

きっと【予知夢】の内容を思い出しているのだろう。

もうすぐ白竜が現れるわけだから、緊張するのは仕方のないことだ。

少しくらいはリラックスしたほうがいいと思うが、リリィはまだ若いし、メンタルのコントロールはそう簡単にできることじゃない。

俺は右手を伸ばすと、ぽんぽん、とリリィの頭を撫《な》でた。

「……コウさん？」

「リリィ、大丈夫だ。俺たちならきっと勝てる。王都だって守り抜ける。これまでの戦いだって、そうだっただろう？」

「はい……。でも、やっぱり【予知夢】が外れるとは思えなくって……」

リリィがか細い声で呟《つぶや》いた、そのときだった。

「――来ますわ」

レティシアが、ふと、西の空を見上げながら呟いた。

同時に、俺の【アイテムボックス】がひとりでに起動した。

すぐ目の前に、円と三角形を組み合わせた魔法陣が浮かび、そこから魔剣グラムが姿を現す。

「……まさか」

俺はグラムを手に取ると、魔法陣から引き抜く。

銀色の刃《やいば》は細かく振動しつつ、キィィィィィンという金属音を発していた。

それは災厄が出現する前兆だ。

「ちょっと待って」

アイリスが戸惑いの表情を浮かべながら言う。

彼女の持つフィンブルもまた、金属音を発して細かく震えていた。

「白竜が出現するのって、午前九時ちょうどよね。……早すぎない？」

「そのとおりですわね」

レティシアが、胸元から懐中時計を取り出して頷いた。

「今の時刻は、午前八時五十二分。リリィ様の【予知夢】より八分も早いですわね」

「どういうこと、でしょうか……？」

「もしかしたら俺たちの存在に気づいて、慌てて飛び起きたのかもな」

俺は軽口を叩くと、もう一度、リリィの頭を撫でた。

「焦る必要はないさ。作戦どおりにやればいい。アイリス、レティシア、頼む」

「分かったわ！　――フィンブル、力を貸してちょうだい」

「災厄が相手なら、手加減は必要ありませんわね。赫奕《かくやく》たる彗星《すいせい》の輝きを見せて差し上げますわ」

俺の呼びかけに答えて、二人はすぐに戦闘態勢に入る。

アイリスもレティシアも、予定が早まったことに対して驚きはしているだろう。

だが、パニックには陥っていない。
顔色ひとつ変えず、自分のやるべきことに取りかかっている。
頼もしいな。
俺は小さく笑みをこぼした。
そのときだった。
セーフモードの【フルアシスト】が起動して、淡々とした無機質な声が聞こえた。

ユグドラシルの弓の封印が解除されます。
20パーセントの出力で使用可能です。

どうやら白竜の出現に呼応して、ユグドラシルの弓も目を覚ましたようだ。
これは幸先がいい。
俺はすぐに【アイテムボックス】からユグドラシルの弓を取り出す。
弓は神々しい、緑色の輝きを放っている。

コウ・コウサカの魔力を消費して、災厄封じの矢を召喚します。

ん？
災厄封じの矢？

聞き覚えのない言葉だな。

そう思った矢先、俺の身体から黄金色の粒子が溢《あふ》れ、一ヶ所に集まっていく。

やがて、粒子は矢の形となって俺の手に収まった。

これが災厄封じの矢だろうか。

ひとまず【鑑定】してみる。

頭の中に流れ込んできた情報によると、災厄封じの矢は【戦神の巫女《みこ》】が放つことによって効果を発揮し、災厄の力を大きく弱めるらしい。

要するに『災厄殺しの矢』の簡易版みたいなものだろうか。

いずれにせよ、リリィの命を危険に晒《さら》すような代物ではないことは確かだった。

これだったら安心して使えるな。

俺はリリィのほうに向き直り、ユグドラシルの弓と、災厄封じの矢を手渡す。

矢について手短に伝え、作戦の変更を伝える。

「災厄封じの矢なんて、初めて聞きました。……コウさんにはいつも驚かされてばかりです」

「正直、俺も自分に驚かされてばっかりだよ」

そもそもの話、俺自身が自分の力を把握しきれていないからな。

大きな戦いに直面するたび、身体の奥底にあるブラックボックスから予期しない何かが飛び出してくるような感覚がある。

「ひとまず、リリィはいつでも矢を撃てるように心構えだけはしておいてくれ。タイミングはその時に指示する」

「分かりました」

リリィは真剣な表情で頷いた。

【予知夢】と異なる展開になったことへの動揺はあるだろうが、そこは自制心で抑え込んでいるのだろう。

まだ子供なのに立派だよな。

俺は最後にもう一度だけリリィの頭をぽんぽんと撫でた。

それから【アイテムボックス】を開き、フライングポーションを飲み干しておく。

ほどなくして、不思議なことが起こった。

西の空がグニャリと歪《ゆが》み、そこから巨大な白い球体が現れたのだ。

球体の表面はツルリとしており、滑らかな光沢を放っている。

空はすぐに元どおりになった。

一方で、球体は小刻みに振動を繰り返しながら、少しずつ膨張を続けている。

やがてその表面に亀裂が走った。

そういえば黒竜が出現する直前も、同じような光景が繰り広げられていた。

まるで孵化《ふか》する直前の卵のように、亀裂はどんどん増えていく。

一つ、二つ、三つ――。

そして、球体が内側から弾《はじ》けた。

「グウウウウウウアアアアアアアアアアアアアアアア！」

四千年の時を超えて、いま、災厄の白竜が蘇《よみがえ》る。

おはよう、そして、永遠に眠ってくれ。

俺は叫ぶ。

「レティシア、頼んだ！」

「かしこまりましたわ」

返事とともに、天空に魔法陣が現れる。

レティシアが右手を高く掲げると、手首から光の鎖がグンと伸びて、魔法陣へと吸い込まれた。

「天より来たるものがすべてを滅ぼすでしょう。――【墜星《ついせい》】」

詠唱とともに右手を振り下ろす。

その動きによって光の鎖が引っ張られ、魔法陣の向こうから巨大な隕石《いんせき》が現れた。

サイズとしては白竜と同等以上の代物だ。

大気との摩擦によって表面は赤熱しており、唸《うな》るような轟音《ごうおん》を伴いながら落下していく。

「ガァッ……!?」

白竜の動きは完全に止まっていた。

復活して早々に攻撃を受けるとは思っていなかったのだろう。

戦場においては致命的な隙だが、こちらにとっては絶好のチャンスだ。

「グ、ガアアアアアアッアアアアアアアアアアアアア！」

隕石の激突によって、白竜は大きく弾き飛ばされた。

やったか!?

……と言いたいところだが、この程度で勝負がつくはずもない。

「グゥオオオオオオオッ！」

白竜は咆哮《ほうこう》と共に、その口から白い閃光《せんこう》を吐き出した。

閃光が、隕石に真正面から直撃する。

次の瞬間、あっというまに隕石が氷漬けになっていた。

あの閃光は、要するに冷凍光線なのだろう。

「ガアアアアアアアアアアアアアアアッ！」

白竜は大きく声をあげると、身体をねじり、長い尻尾を隕石へと叩きつける。

その一撃によって、氷漬けの隕石は粉々に砕け散った。

「……意外にやりますわね」

レティシアが、小声で呟く。

「【墜星】は少なくともあと二回は使えますわ。予定どおり、攻撃を続けましょうか」

「いや、待ってくれ」

俺は目を凝らして白竜の様子を観察する。

大きく息を吸い込んだように見えた。

……来る。

「アイリス、結界だ」

「了解よ、任せて！」

アイリスがフィンブルを高く掲げた。

槍の穂先が輝きを放ち、《真・竜神結界ＥＸ》が発動する。

俺たちを乗せたブラズニルの周囲が白銀の防壁に包まれた。

直後、白竜の口から白い閃光が放たれた。

先ほどと同じ冷凍光線だろう。

しかし結界の防御力は絶大で、白竜の光線を完全に防いでいた。

「コウ、指示ありがとう」

アイリスがこちらをチラリと見ながら言う。

「攻撃が来るって、よく分かったわね」

「嫌な予感がしたからな。それよりも――」

見れば、白竜の動きは大きく鈍っていた。

隕石に激突されたダメージがまだまだ尾を引いているのだろう。

仕掛けるなら、今がチャンスだ。

「リリィ、頼む」

「……はい！」

短い返答とともに、リリィが弦を引き絞った。

災厄封じの矢が放たれる。

矢は結界をすり抜けると同時に煌《きら》めくような輝きを纏《まと》い、黄金色の流星となった。

そして白竜の胴体に突き刺さると、体内に潜り込むようにして姿を消した。

「……グァ？」

どうやら矢のダメージは極小、あるいはゼロに等しいものだったらしい。

白竜は痛がる様子もなく、不思議そうに自分自身の胴体を見下ろしている。

やがて再び大きく息を吸い込んで光線を放とうとしたが、口から出るのはただの息だった。

災厄封じの矢により、冷気を操る力は使用不能になったようだ。

「グゥゥ……」

白竜は苛立《いらだ》ったような唸り声をあげると、翼を大きく羽搏《はばた》かせた。

こっちに突撃するつもりか？

いや、違う。

ぐるりと旋回すると、俺たちに背を向けた。

そのまま飛び去ろうとする。

どうやら劣勢を悟り、逃走を選択したらしい。

「そうはさせないわ」

アイリスは《真・竜神結界ＥＸ》を解除すると、フィンブルを構え直した。

槍の穂先が冴《さ》え冴《ざ》えとした輝きを放つ。

いつもよりもまぶしく感じるのは、もしかすると、四千年前の雪辱を果たす絶好の機会だからかもしれない。

「――はあああああああっ！」

アイリスの叫びと共に、フィンブルの持つもう一つの付与効果――《絶対凍結ＥＸ》が発動した。

青色の閃光が放たれ、白竜に直撃する。

命中した場所を起点として、少しずつ氷が広がり始めた。

「グゥ……ッ!?」

白竜は戸惑ったように唸り声をあげた。

無理もないだろう。

冷気を自在に操る力を持っているはずの自分が、今度は逆に、氷漬けにされつつあるんだから。

「ガアアアアアアアアアッ……！」

やっと状況を理解したらしい白竜が、激しく身をよじり、フィンブルの閃光から逃れようとする。

だが、もう遅い。

手足が、両翼が、尻尾が、どんどん氷に覆われていく。

「グゥアア……！」

そしてついに、頭部も完全に氷の中に閉ざされてしまった。

氷塊と化した白竜が落下を始める。

アイリスが、チラリとこちらを見た。

眼《め》と眼が合う。

それだけで、彼女の言いたいことが分かった。

――トドメは任せるわ。

――分かった。

俺は頷くと、フライングポーションの効果で風を操り、空へと舞い上がる。

グラムに魔力を注ぎ込み、《戦神の斬撃S＋》を発動させた。

「はああああああああああっ！」

剣を担ぐように構えて——振り下ろす！

刃から、光の斬撃が放たれた。

それは氷漬けの白竜を真っ二つに斬り裂き、さらに、荒れ狂うエネルギーが大きな爆発を生んだ。

天空に銀色の閃光が弾け、白竜は粉々になって消滅する。

これまでの災厄に比べると随分とあっけない幕切れだが、以前よりも戦力が充実しているわけだから、当然といえば当然の結果だろう。

ともあれ——


俺の、勝ちだ。


そう思った矢先のことだった。

「コウ、後ろ！」

アイリスの叫び声が響く。

咄嗟《とっさ》に背後を振り向くと、俺のいる位置から少し離れたところに空間の歪みが生まれていた。

グラムが再びキィイイイイインという警戒音を響かせる。

「二匹目が来る、ってことか？」

俺の呟きを肯定するように、グラムが大きく震えた。

その直後、空間の歪みから巨大な緑色の球体が——飛び出した！

猛烈な速度だった。

俺やブラズニルの方ではなく、王都へ一直線に向かっている。

「待て！」

俺は即座に《神速の加護ＥＸ》を発動させた。

一気に加速して球体の前方に回り込む。

続いて【空間拘束】を行使する。

これは暴食竜から奪い取った【空間操作】の応用で、視界内の敵を空間ごと拘束できる。

相手がどれだけの速度であろうと、まったく関係ない。

ピタリと球体が動きを止めた。

ただ、【空間拘束】の維持には魔力が必要であり、消費量は効果範囲に応じて増大する。

球体があまりにも大きすぎるため、拘束できる時間は一秒にも満たなかった。

だが、周囲の空間ごと停止させられたことにより、球体は先ほどまでの速度を完全に失っていた。

少なくとも、当面の危機は避けられた、と考えていいだろう。

俺はグラムに魔力を注いで《戦神の斬撃Ｓ＋》を発動させつつ、【鑑定】を球体に向けた。

裂亡の緑竜：四千年に一度だけ現れる災厄の竜。嵐を巻き起こし、烈風によってすべての文明を塵《ちり》に至らしめる。現在は卵の状態だが、孵化は近い。

やはりこの球体は災厄の卵だったのか。

緑竜は風を操る力を持つようだ。

先ほどの白竜と同じく、放置すれば王都に大きな被害が出るだろう。

早めに決着をつけたほうがよさそうだ。

俺は意識を集中させ、スキルを発動させる。

「――【リミットブレイク】」

以前、俺が黒竜や暴食竜と戦ったとき、勝負の決め手になったのは魔力の爆発的な上昇だ。

【リミットブレイク】はそれを意図的に引き起こすことができる。

まさに対災厄の切り札と言ってもいいスキルだ。

発動とともに俺の全身が黄金色の輝きに包まれ、ＭＰが常識外れの増大を始める。

1兆、10兆、１００兆――。

わずか数秒のうちに１０００兆に達し、ほどなくして1京を超えた。

一般的な魔術師に換算すれば、百兆人分の魔力だ。

……世界人口よりも多いな。

我ながら本当に規格外だと思う。

球体に視線を向ければ、その表面には無数の亀裂が走っている。

時間はあまり残っていない。

急ごう。

俺は自分の左手に目を向ける。

そこには竜の顔を象《かたど》ったような、深紅の紋章が浮かんでいた。

意識を集中させて【災厄召喚】の発動を念じる。

「我が声に応えて冥府より来たれ。かつて炎帝竜と呼ばれしもの、即ち、極滅の黒竜よ」

呪文の詠唱とともに、紋章が激しい光を発した。

俺のすぐ後ろに魔法陣が浮かび、そこから黒竜が姿を現す。

ほぼ同じタイミングで亀裂だらけの球体が弾けた。

裂亡の緑竜が復活する。

「グゥウゥウゥアアアアアアアアアッ！」

「ギィイィイィイイイイイッ！」

黒竜と緑竜、災厄同士の咆哮が、真正面からぶつかり合う。

このまま黒竜を戦わせるのもアリといえばアリだが、短期決戦の方針からはズレてしまう。

激しい戦闘になるだろうし、周辺の被害も無視できない。

——だから俺は、より確実な手段を取る。

俺の意思に呼応するように【フルアシスト】の無機質な声が聞こえた。

一、コウ・コウサカは【転移者】です。
二、コウ・コウサカの魔力は、現在、10兆を超えています。
三、コウ・コウサカは【災厄召喚】によって極滅の黒竜を召喚しています。
以上の条件をすべて満たしているため、【神技《じんぎ》】が一時的に解放されます。

対災厄神技『レーヴァテイン』が使用可能です。

レーヴァテイン。

それはかつて暴食竜を葬った神技だ。

黒竜の力を魔剣グラムに宿し、敵を完全に消滅《焼滅》させる。

俺は発動のための呪文を口にした。

「終滅の炎よ、絶対の灼熱《しゃくねつ》にて災厄を浄化せよ。——レーヴァテイン」

言い終わると同時に、身体の奥で何かがドクンと震えた。

黒竜の身体が赤色の粒子へと変換され、俺の持つグラムへと吸い込まれていく。

銀色の刀身が、真紅《しんく》の輝きを発した。


対災厄神技『レーヴァテイン』、カウントダウンを開始します。
10、9、8、7——

「ギイイイイイイイガアアアアアアアアアアッアッ！」

緑竜は雄叫《おたけ》びをあげると、翼を激しく羽搏かせた。

烈風が巻き起こり、それはやがて嵐になる。

「グウウウウウ——」

口が、大きく開かれた。

その中へと、嵐が吸い込まれる。

完全な無風状態が訪れる。

次の瞬間——

「ジャアアアアアアアアアアアアアアアアアアアアアアアッ！」

暴風のブレスが、緑竜の顎《あぎと》から放たれた。

直撃すれば俺だけでなく、その背後にある王都も無事では済まないだろう。

だが、問題ない。

3、2、1——ゼロ。

「はあああああああああああっ！」

俺は全身全霊の力を込め、グラムを振り下ろした。

その軌道をなぞるようにして真紅の閃光が放たれる。

閃光は、迫りくる暴風のブレスを真正面から受け止め、一瞬のうちに消し飛ばしていた。

さらには緑竜を呑《の》み込み、その巨躯《きょく》を焼き尽くす。

「ギィイイイイイイイイイイイイイイイイイイイアアアアアアアアアアアアッ！」

絶叫が響き渡る。

真紅の輝きに塗り潰《つぶ》されるようにして、緑竜の身体がだんだんと小さくなっていく。

やがて完全に消滅した。

もう、他に災厄の気配はない。

今度こそ、本当に——

俺の、勝ちだ。

第六話　王都に入ってみた。

【リミットブレイク】の効果が切れたらしく、俺の身体を包んでいた黄金色の輝きはだんだんと弱くなり、最後はスッと消えてしまった。

頭の中に無機質な声が響く。

今回の経験値取得によりレベル１３６になりました。ＨＰ、ＭＰが増加、身体能力が向上します。

このアナウンス、久しぶりに聞いたな。

もともとはレベル１０９だったから、27も上昇したわけだ。

災厄を二連続で倒したことを考えると、納得の結果と言える。

なお、今回のレベルアップでＭＰは10万３００になっている。

ついに大台に乗ったな……。

レベル1のときは１０００だったことを考えると、随分と成長したものだ。

無機質な声が、さらにこう告げる。

一、コウ・コウサカは【創造】を所持しています。
二、コウ・コウサカはレベル１２０以上です。
三、コウ・コウサカがこれまでに討伐した災厄は四体です。
条件をすべて満たしているため【ブレイクスマッシュ】が解放されます。


おおっ。

どうやら新たなスキルが追加されたようだ。

その効果は『【創造】で生み出した武器にさらなる付与効果を追加し、その性能を強制的に引き上げる。ただし、その武器は一度の使用で消滅する』というものだった。

「一度きりの必殺技、ってところか」

発動するとその武器は消滅する……というのは大きなデメリットに思えるが、いくらでも量産できるものならば大きな問題にはならないだろう。

幸い、俺の【アイテムボックス】にはヒキノ製の武器が大量にストックされている。

この世界に転移した直後、【創造】の検証のために作りまくったからな。

ヒキノの剣、槍《やり》、斧《おの》、椅子――。

いや、椅子は武器じゃないか。

……と思ったら、ヒキノの椅子にも【ブレイクスマッシュ】は適用可能らしい。

《激震の一撃ＥＸ》という付与効果が発現し、地面に叩《たた》きつけることで周囲の敵をまとめて気絶させるとか。

なかなか強力だな。

もし今後、盗賊や魔物に取り囲まれることがあれば使ってみよう。

ああ、そうそう。

白竜と緑竜だが、どちらも【災厄召喚】の対象として追加されていた。

【リミットブレイク】を発動させた状況下なら、黒竜を含めて三体を同時召喚できる。

タイダル……怠惰竜も含めれば四体か。

「その気になれば、本当に世界を滅ぼせそうだな」

もちろん実行するつもりはないけどな。

さて、と。

戦いも終わったことだし、皆のところに戻ろう。

そう思って動き始めた矢先、向こうからブラズニルがやってくる。

俺は風を操って船に近づくと、甲板に降り立った。

【リミットブレイク】の反動のせいか、フラリと倒れそうになるが、皆には心配をかけたくない。

両足に力を入れ、姿勢を保つ。

そうしていると、アイリスたちが駆け寄ってきた。

「コウ、おかえりなさい。怪我《けが》はない？」

「俺は無事だよ。ちょっと疲れたくらいだな」

「よかった。……まさか、二連続で災厄が現れるなんてね」

「ああ。さすがに今回は予想外だったよ」

「コウさん」

リリィの声はひどく沈んでいた。

肩を落とし、申し訳なさそうな表情を浮かべている。

「ごめんなさい。二匹目の災厄のことまでは予知できなくて……」

「気にすることはないさ」

俺は明るく答えて、ぽんぽん、とリリィの頭を撫《な》でる。

「そもそもの話、俺たちが白竜の出現に間に合ったのは、リリィの【予知夢】のおかげだからな。王都も無事に守れたし、何も文句はないさ。ありがとうな」

「まさに文句なしのハッピーエンドですわね」

うんうん、と満足げに頷《うなず》きながらレティシアが言う。

「それにしても、先ほどのコウ様の戦いぶりは凄《すさ》まじかったですわね。たった一人で災厄を討伐してみせるなんて……。わたくし、さすがに驚きましたわ」

「あたしもビックリしたわ」

うんうん、とアイリスが頷く。

「黒竜と戦ったときより、ずっと強くなっているわよね」

「まあ、スキルも増えてるしな」

「もしかして、白竜もコウ一人で十分だったんじゃない？」

「……微妙なところだな」

俺はそう前置きしてから説明を始める。

今回、俺が単独で緑竜を倒せたのは【リミットブレイク】のおかげだ。

ただし、このスキルは持続時間が短く、連続使用ができない。

発動後は反動で疲労感が押し寄せてくるのも難点だ。

【リミットブレイク】を使えば、確かに、白竜を単独で討伐することは不可能じゃない。

けれどその場合、緑竜との戦いでは完全に息切れし、苦戦を強いられていただろう。

王都にも相当の被害が出ていたはずだ。

「俺ひとりじゃ色々と限界がある。これからも手を貸してくれると嬉《うれ》しい」

「もちろんよ。せっかくいい武器を作ってもらったんだもの、どんどん頼ってちょうだい」

アイリスはフィンブルを掲げながら答えた。

そうして話が一段落着いたところで、ふと、ガチャリと船内に繋《つな》がるドアが開いた。

その向こうから姿を現したのは、おせわスライムの大群だった。

「マスターさん！　おかえりなさい！」

「白竜だけじゃなくて、緑竜もやっつけてたね！」

「すごい！　つよい！　かっこいい！」

スライムたちはわーわーきゃーきゃーと騒ぎながら、まるで洪水のように俺たちのところへ押し寄せてくる。

「アイリスおねえさんも、おつかれさま！」

「リリィおねえちゃん、弓、ぱーんって撃ってたね！」

「かしこまりですわ！　ついせい！　どーん！」

最後の一匹は、たぶん、レティシアのものまねをしているのだろう。

かしこまりですわ、なんてセリフは聞いたことないけどな。

レティシアの反応だが、クスッと小さく微笑《ほほえ》むと、ものまねをしたスライムを可愛《かわい》がるように撫でていた。

なんだか和む光景だな。

俺たちは大勢のおせわスライムに付き添われながらブラズニルの船内に戻ると、そのまま指令室に向かった。

「マスターさん、このあとはどうすればいいかな？」

問いかけてきたのはスララだ。

その頭には先ほどと同じように、艦長であることを示す錨《いかり》のマークの帽子が載っている。

「王都に向かおう。とりあえず、城壁の近くに着陸してもらっていいか」

「はーい！　みんな、船を動かすよ！」

「あい！」

「あーい！」

「さー！」

指令室のあちこちから、おせわスライムたちの元気な声が響き渡る。

ゆっくりと船が動き始めた。

ここから王都まではさほど離れていない。

ブラズニルは、街の北側にある広い平原を選んで着陸した。

「よし、行くか」

「やっと王都ね。なんだか、ものすごく長い旅だった気がするわ……」

アイリスが、ほっと一息つきながら呟《つぶや》いた。

その気持ちはよく分かる。

俺たち、行く先々でトラブルに出くわしていたからな。

今回はすでに二匹も災厄を倒したことだし、これ以上は何も起こらないことを祈るばかりだ。


俺はアイリス、リリィ、レティシア、そしてスララを連れて船の外に出た。

ひとまずブラズニルを【アイテムボックス】に収納しようか。

俺の意思に呼応して、地面に巨大な魔法陣が現れる。

ブラズニルは魔法陣の中へと吸い込まれ、その場から消え去った。

ちなみに船内のおせわスライムだが、全員、自動的にオーネンの地下都市に送還されている。

さっきまで周囲がにぎやかだったのもあって、ちょっと寂しく感じないでもない。

「マスターさん！　誰か来るよ！」

スララに声をかけられて、俺は我に返る。

見れば、鎧《よろい》を着た騎士たちが二十人ほど、王都のほうから馬に乗ってこちらに駆けてくる。

腰に剣こそ下げているが、戦闘態勢、といった雰囲気ではない。

騎士たちは少し離れたところで馬を止めると、地面に降り立った。

リーダーらしき細身の中年男性は、俺を見てビシッと一礼すると、大声で自己紹介を始めた。

「自分は王都守護騎士団の副団長、モリスタンと申します！　コウ・コウサカ殿ご一行とお見受けしますが、いかに！」

「ああ、そのとおりだ」

俺は頷いて、男性……モリスタンさんに近づく。

「冒険者のコウ・コウサカだ。よろしく頼む」

「こちらこそ、よろしくお願いいたします！」

モリスタンさんはそう言って、深く頭を下げた。

「話はすでにミリア嬢とレリック殿から伺っております！　このたびは王都を災厄から守ってくださり、誠にありがとうございました！」

「「ありがとうございました！」」

周囲の騎士たちも、モリスタンさんに倣って一斉に頭を下げる。

ええと。

こういうとき、どう反応したらいいんだろうな。

俺は知らず知らずのうちに、右手で頬《ほお》を掻《か》いていた。

「コウさん」

すぐ近くにいたリリィが呟く。

「もしかして、照れてますか」

大正解だ。

俺って、やっぱり顔に出やすいほうなんだろうな。

そのあと俺たちは、モリスタンさんに先導されるかたちで王都に向かうことになった。

もちろん、他の騎士たちも一緒だ。

「《竜殺し》と名高いコウ殿にお会いできて光栄です！　王都に戻ったら、他の者たちに自慢できますよ！」

モリスタンさんは、やけに興奮した様子で俺に話しかけてくる。

やたらテンション高いよな、この人。

普段からこんな感じなのだろうか……と思っていたら、近くにいた騎士の一人が「うちの副団長、《竜殺し》さんのファンなんですよ」と小声で教えてくれた。

「コウったら、どこに行っても人気者ね」

アイリスがクスッと俺に微笑みかける。

「フォートポートみたいに、ファンクラブがあるかも」

「まさか」

俺は肩をすくめる。

「さすがにそれはないだろう」

「……と、コウ様は言ってますけど、いかがでして？」

レティシアが、モリスタンさんに問いかける。

「ファンクラブはありませんね……」

だよな。

常識的に考えれば当然のことだ。

「ですから、作ろうと思います！」

待て。

どうしてそうなるんだ。

「今から会員を募集します！　希望者はいますか！」

モリスタンさんが呼びかける。

まあ、一人か二人いればいいほうだろう。

俺としてはそう思っていたのだが――

「はい！」

「じゃあオレも！」

「副団長、自分もいいっすか！」

……んん？

おかしいな。

ここにいる騎士全員が手を上げているような気がするぞ。

「マスターさん、コンプリートだね！　わーい！」

スララはぷるぷるの身体からヒョコッと両手を出すと、パチパチと拍手する。

こうして俺のファンクラブが結成されてしまったわけだが、まあ、ノリと勢いで生まれたような団体だし、明日になれば自然消滅していることだろう。

たぶん。

十五分ほど歩くうちに、俺たちは王都の北門に到着した。

門の近くにはグランド・キャビンが停《と》まっており、デストの姿があった。

「マスター、オ見事デシタ！」

「デスト、無事だったか？」

「ハイ、モチロンデス！」

話を聞いてみると、すでにレリックとミリアは王都の中にいるらしい。

「今回も助かったよ。ゆっくり休んでくれ」

「合点承知デス！　デハマタ！」

「ああ、またな」

俺は頷くと【アイテムボックス】への収納を念じた。

地面に魔法陣が浮かび、デストとグランド・キャビンが吸い込まれるようにして消える。

それを見た周囲の騎士たちが、おおっ、と感嘆の声をあげた。

「コウさん！」

ん？

呼びかけられて周囲を見回せば、城門のほうからレリックが駆け寄ってくる。

「ボク、見てましたよ！　ドーンで、バーンで、ボカーンでしたね！　いやあ、すごかったなあ！

すごかったなあ！」

「落ち着けレリック。語彙《ごい》が崩壊しているぞ」

「ああ、すみません。コウさんが無事なのが嬉しくって」

「心配してくれてありがとうな。ところで、ミリアは？」

「もうすぐ来ると思いますよ。……あっ、こっちですよ！　おーい！」

レリックは背後を振り返ると、右手をブンブンと大きく振った。

まるで子供だな。

思わず、俺は苦笑する。

そうしているうちに、ミリアが俺のところにやってくる。

「コウさん、討伐おつかれさまでした。……すごい戦いでしたね」

「ああ。まさか災厄が二匹も出てくるとは思ってなかったよ」

「それでも両方きっちり倒しちゃうあたり、まさにコウさん！　って感じですね」

「どういうことだ？」

「わたしの個人的なイメージになりますけど、コウさんって負けたり逃げたりしているところが想像できないんですよね。常勝無敗、天下無敵の大英雄！　どどーん！　みたいな」

「どどーん？」

「雰囲気です、雰囲気。ふわっと理解してください」

分かったような、分からないような……。

「とりあえず、評価されてるってことか」

「だいたいそんな感じです」

ミリアはにこやかな表情で頷いた。

「そういえばさっきの戦いですけど、いつもと同じで、冒険者としての功績にカウントされます。王都を無傷で守り抜いたわけですから、報奨金は期待していてください！　大金持ちになれちゃいますよ！」

「もともと、使いきれないほど持ってるけどな」

今日までに受け取った討伐報酬だけでも一〇億コムサを超えているし、各地の支部において予算の限度を超えるために未払いとなっている分もある。

それらは王都の冒険者ギルド本部でまとめて支払ってもらう予定だが、ここに今回の報奨金が加わるわけだから、合計すれば、ものすごい額になりそうだ。

「コウへの報酬で、冒険者ギルドが破産するかもしれないわね」

横で話を聞いていたアイリスが、冗談交じりにそんなことを口にする。

「いや、いくらなんでもそれはないだろう。……ないよな？」

念のため、俺はミリアに確認する。

あれ？

返事がないな。

「ミリア？」

「コウさん」

いつになく真剣な表情で、ミリアが告げる。

「もしかしたら《竜殺し》の綽名《あだな》が《冒険者ギルド殺し》にランクアップしちゃうかもしれません」

「それはランクアップなのか……？」

というか、報酬を支払いきれない可能性がある、ってことだよな。

その場合はどうなるのだろう。

「後で本部の偉い人たちと相談しますけど、年単位の分割払いになっちゃったらごめんなさい」

「別に構わないさ。《冒険者ギルド殺し》なんて呼ばれるよりはずっといい」

俺たちがそんな話をしていると、騎士のモリスタンさんが部下を連れてこちらにやってくる。

「コウ殿、馬車の準備ができました！　迎賓館までお送りしますので、お連れの皆様と一緒にお乗りください！」

「迎賓館？」

もちろん言葉の意味は知っている。

海外の王族などの国賓を迎え入れるための施設だ。

しかし、どうしてそんな場所に行く必要があるのだろう。

俺が首を傾《かし》げていると、いつのまにか近くに来ていたレティシアが言った。

「コウ様、自分のなさったことを忘れていますわね」

「どういうことだ？」

「王都は国王のいる場所ですもの。そこを災厄から守り抜いたということは、国王の危機を救ったのと同じ意味ですわ。コウ様のこれまでの功績と併せて考えれば、国賓としての待遇で迎えられてもおかしくありませんわね」

「コウさん、すごいです……」

リリィが、はう、と感嘆のため息をつく。

その両腕に抱えられたスララが「マスターさんは、この国のおきゃくさまなんだね！」と無邪気な調子で声をあげた。

モリスタンさんは俺たち一人一人に視線を合わせると、恭しい様子でこう告げた。

「コウ殿はもちろん、仲間の皆様も全員、王都を守ってくださった大恩人と思っております。さあ、どうぞこちらへお越しください。道中は、馬車の乗り心地は保証いたします」


俺たちのために用意された馬車は、現代日本に当てはめるなら軽トラックほどのサイズだった。

内部には赤色のソファが向かい合わせに置かれていたので、三人ずつに分かれて座る。

片方がアイリス、俺、レティシア、もう片方がリリィ、ミリア、レリックだ。

スララはいつものように、リリィの膝上にちょこんと腰掛けて（？）いる。

「マスターさん！　王都って、どんなごはんがあるのかな！　ぼく、すっごく楽しみ！」

「スララは食いしん坊だな」

俺は苦笑しつつ、左隣に座るアイリスに声をかける。

「アイリスは王都に来たことがあるんだよな。オススメの店ってあるか？」

「そうね……。北通りの『くるくる円盤亭』のピザはおいしかったわ」

「あら、その店なら存じ上げておりますわ」

右隣でレティシアが口を開く。

「以前にスモークチーズのピザをいただきましたけれど、塩味がスパークリングのワインによく合いましたわ。機会があれば、また食べてみたいですわね」

「じゃあ、王都にいるうちに一度は行ってみるか」

「あの、コウさん」

リリィが遠慮がちに手を上げる。

「グルメガイドの本、ありますか」

「ああ、ちょっと待ってくれ」

俺は【アイテムボックス】からグルメのガイドブックを取り出すと、リリィに手渡した。

「前に読ませてもらったとき、気になる店があって……」

リリィはそう言いながら本をパラパラとめくっていく。

そうして開かれたページには、ドーナツやパフェ、プリンなどの絵が所狭しと描かれていた。

店の名前は『ぱくぱく甘味亭』といい、どうやらスイーツ食べ放題の店らしい。

「あああああああっ！」

大声をあげたのはレリックだった。

「ボク、この店にずっと行ってみたかったんです！　でも、女性ばっかりで入りづらくって……」

気持ちは分かるぞ、レリック。

スイーツ食べ放題の店って、男ひとりで足を踏み入れるのはちょっと抵抗があるよな。

ともあれ、俺としても久しぶりに甘いものを山ほど食べてみたい気分だったので、いずれ『ぱくぱく甘味亭』にも足を運んでみよう、ということになった。

ところで――

グルメガイドを見ると、他にも王都の代表的な店として『ほくほく芋煮亭』や『もくもく焼鳥亭』などが紹介されている。

さっき話題に出た『くるくる円盤亭』や『ぱくぱく甘味亭』もそうだが、名前のリズムがどれもよく似ている。

いったいどういうことなのだろう。

……と疑問に思っていたら、王都出身のミリアがこんなことを教えてくれた。

「名前が似ているのは、経営元が同じだからですね。ぜんぶ、スカーレット商会の系列店なんです」

「スカーレット商会って、クロムさんのところだよな」

「ですです。あの人、かなりのやり手なんですよ」

俺の知るクロムさんは穏やかな小太りの男性、といったイメージだが、商会長として王都にいたころは辣腕《らつわん》ぶりで知られており、王都で経営の傾いた飲食店を次々に買い取っては商会直営の系列店に変え、莫大《ばくだい》な利益を生み出したらしい。

「……そういえば俺、クロムさんから紹介状を貰《もら》ってたな」

今は息子さんが商会長として王都で働いているらしい。

いずれ時間を作って挨拶に行くとしよう。


馬車はゆっくりと王都の石畳の上を進んでいく。

道は広いが、人の姿は少ない。

さっきまで街の近くで災厄が暴れていたこともあり、多くの住民は家の中に籠《こも》っているようだ。

普通に考えるならパニックが起こっていてもおかしくないが、他の街と同じく【鎮静】持ちの騎士や冒険者、あるいはギルド職員などが総動員され、混乱を収めて回ったのだろう。

馬車の窓から外を見れば、背の高い、大きな建物がいくつも目に入る。

「王都は、この国でも一番の大都市なんですよ」

そう教えてくれるのは、俺の真向かいに座るミリアだ。

「南には港もありますし、住民も多いですから、普段はとってもにぎやかで楽しい街なんですよ。ぜひ、堪能していってくださいね」

「あっ、コウさん！　コウさん！　ちょっと見てください！」

レリックは急に座席から立ち上がると、窓の向こうを指さした。

「あれが王立アカデミーの時計塔です！　ボクの研究室も近くにあるんですよ！」

「じゃあ、近いうちにお邪魔させてもらうかな」

「ええ、ぜひぜひ！　大歓迎ですよ！　ああ、楽しみだなあ！　楽しみだなあ！」

「ねえコウ。行くところが多そうだけど大丈夫？」

アイリスが苦笑しながら問いかけてくる。

言われてみればそのとおりかもしれない。

表彰式の準備もあるだろうし、少なくとも、王都での日々は退屈しなさそうだ。


俺たちを乗せた馬車は大きな門をくぐり、噴水のある豪奢《ごうしゃ》な庭園を通って迎賓館に辿《たど》り着いた。

正式な名称は『王立王都迎賓館』で、他国の王族を迎えるための場所だけあって、荘厳な雰囲気が漂っている。

「俺みたいな庶民が足を踏み入れていいのか……？」

「ふふっ。コウ様も気後れすることがありますのね」

俺の右横で、レティシアがクスッと笑う。

「心配することはありませんわ。さっきも言いましたけれど、コウ様は王都を守り抜いた英雄ですもの。胸を張って、堂々と振る舞えばいいと思いますわ」

「それができれば苦労しないけどな」

俺は肩をすくめながら馬車を降りる。

迎賓館の正面扉までの距離はおよそ三十メートルほどで、足元には赤色の絨毯《じゅうたん》が敷かれていた。

左右には騎士たちがずらりと並び、全員、ピン、と背筋を伸ばして立っている。

……まさにＶＩＰ待遇、って感じだな。

こういう場面に出くわしたとき、本物の王族や大富豪だったら平然としていられるのだろうが、俺は一般庶民の生まれだし、どうにも恐縮せずにいられない。

騎士たちを長々と立たせておくのは申し訳ないような気がして、ついつい早足になってしまう。

「マスターさんには、負けないよ！」

背後からスララの声が聞こえた。

何をするつもりだろうか。

後ろを振り向くと、スララは馬車から飛び降りるなり、ピョコピョコとハイペースで跳ねながら俺のことを追いかけてくる。

「ぼくのほうが、速いよ！　……わわわわわっ！」

スララは俺を追い抜いたところでスピードを緩めようとしたが、うっかりつんのめってしまい、そのままポーンと大きく前方に飛び出してしまう。

危ない！

俺はフェンリルコートの付与効果のひとつ、《神速の加護ＥＸ》を発動させた。

集中力が限界まで高まり、あらゆるものがスローモーションに見える。

俺は一瞬のうちにスララに追いつき、ぷるぷるの身体を空中でキャッチした。

スキルを解除して、声をかける。

「大丈夫か？」

「うん！　マスターさん、助けてくれてありがとう！」

「次からは気をつけろよ」

スララの頭をぽんぽんと撫でて、地面に下ろしてやる。

……ん？

気がつくと、周囲の騎士たちの視線が俺に集まっていた。

「今の、見たか？　いや、速すぎて見えなかったぞ……」

「コウ殿がスララ殿を受け止めたんだよな、たぶん」

「すごいですね！　さすがコウ殿です！」

眼《め》をキラキラさせながら、副団長のモリスタンさんが声をかけてくる。

「さあさあ、どうぞ建物の中にお入りください。皆、コウ殿の到着を心待ちにしております」

皆というのは、いったい誰のことだろうか。

疑問に思いながらも、モリスタンさんに扉を開けてもらって迎賓館に足を踏み入れた。

おおっと。

玄関のホールには、大勢の人の姿があった。

男性は燕尾《えんび》服を、女性はメイド服を着ており、俺たちに向かって一斉に深くお辞儀をした。

「「コウ・コウサカ様、そして仲間の皆様、王立王都迎賓館にようこそお越しくださいました！

スタッフ一同、心より歓迎申し上げます！」」

……すごいな。

言葉の調子もきっちり揃《そろ》っている。

事前にリハーサルでもしたのだろうか……などと、どうでもいいことを考えてしまうのは、俺が小市民だからかもしれない。

その後――

俺たちは迎賓館のスタッフに案内され、客室に向かうことになった。

どうやら一人一部屋が用意されているようだ。

……あれ？

「ミリアとレリックはどうなるんだ？　二人とも、もともとは王都の住人だよな」

俺の疑問に、男性のスタッフが答える。

「国王陛下の指示で、お二人の部屋も準備させていただいております。せっかくの機会ですので、皆様で一緒に迎賓館でのひとときを楽しんでいただければ幸いです」

「随分と気前がいいな」

「我々がこうして無事でいられるのも、コウ様が災厄を倒してくださったおかげです。その恩に比べれば、大したことではありませんよ」

「わたしとレリックさんは、実際に戦ったわけじゃないですけどね」

ミリアが苦笑しながら俺の近くで呟く。

「でも、せっかくのご厚意ですから受け取っちゃいましょうか」

「いやあ、ボク、迎賓館に来るのは初めてなんですよねえ！　公爵家の人間でもあんまり足を踏み入れることのない場所ですし、家族にも自慢できますよ！　コウさん、ありがとうございます！」

そういえばレリックの実家って公爵家だったな。

もしかしたら王都に他の家族もいるかもしれない。

いったいどんな性格なのだろうか。

全員、レリックみたいに騒がしい感じだったりしてな。

『ワシがヒューバート公爵だ！　よろしく頼む！　よろしく頼む！』

『わたしはヒューバート公爵夫人よ！　おほほほほ！　おほほほほ！』

『僕は、ヒューバート公爵家の長男です！　弟がいつも！　いつも！　世話になっています！』

……ありえないとは言い切れないのが、ちょっと恐ろしいぞ。


俺たちは客室に荷物を置いた後、迎賓館の一階にある『トールの間』に集まった。

トールというのは、この国の初代国王の名前らしい。

他にも、歴代の国王の名前を冠した部屋がいくつもあるようだ。

トールの間には長机がいくつも並べられ、俺たちだけでなく、モリスタンさんをはじめとする王立守護騎士団の面々が揃っている。

これから何をするのかといえば、先ほどの戦闘についての詳しい説明だ。

俺たちは災厄を討伐したわけだが、王国としては事態を正確に把握する必要があるため、こうして報告会を行うことになったのだ。

「コウ殿、そして仲間の皆様。戦いを終えたばかりでお疲れのところ、誠に申し訳ございません。

我々のために時間を割いてくださり、心より感謝いたします」

モリスタンさんは席から立ち上がると、深々と頭を下げた。

「今回、皆様のおかげで王都は大きな危機を免れました。王国としてはその功績に正しく報いるべきと考えております。報告会の内容を基にして報奨金や勲章の授与について検討いたしますので、過度な謙遜はなさらず、ご自身のなさったことを遠慮なくお話しください」

「コウ、あなたのこと、言われてるわよ」

左隣に座るアイリスが、肘先でつんつん、と俺の脇腹を突いてくる。

「……どうして俺なんだ」

「だってコウ、何かというと『過大評価だ』って言うじゃない」

「謙虚なのはコウさんのいいところですけどね」

うんうん、とミリアが頷く。

「でも、そんなところまで王都に伝わっているとは思ってませんでした」

「あ、たぶん原因はボクです」

声をあげたのはレリックだった。

「前にも言いましたけど、ボク、国王陛下と個人的に文通してるんですよねえ。で、コウさんのことも色々と書いちゃったんです。それが原因かも」

「ええ、そのとおりです」

モリスタンさんが頷く。

「国王陛下からは、コウ殿が自分の功績をあまり話したがらないだろう、と伺っております。場合によっては仲間の皆様から聞き出したほうが早いかもしれない、とも」

「大正解ですわね」

クスクスと笑いながらレティシアが言う。

「ただ、この中ではコウ様が一番の話し上手ですから、まずはコウ様に大筋を語っていただいて、必要に応じてわたくしたちが補足すればよろしいかと思いますわ」

というわけで、最初に俺のほうから、災厄との戦闘に関しての説明を行うことになった。

こういうとき、日本で社会人だったころの経験が役に立つ。

なにせ、こっちは炎上案件の処理ばっかりやっていたからな。

トラブルの発生から解決までの経緯についてプレゼンテーションするのは慣れっこだ。

リリィの【予知夢】によって災厄の出現を知り、そして討伐を行うまでの流れについて順序立てて話していく。

その内容を、騎士の一人がパパパパパパッとものすごい速さで、けれども読みやすく丁寧な字でノートに書き留めていた。

この騎士は【速記】のスキルを所持しており、口述筆記が必要な場面では重宝されているようだ。

やがて俺が話を終えると、モリスタンさんが手を挙げて発言した。

「コウ殿、お話ありがとうございました。ただ、色々と常識外れというか規格外な内容ばかりでして、恥ずかしながらちょっと混乱しております。念のため、いくつか確認させてください」

「もちろんだ。何でも訊《き》いてくれ」

「一つ目ですが、コウ殿の所有する空飛ぶ船――ブラズニルの本来の速度では、災厄の出現には間に合わなかった……という認識で間違いないでしょうか」

「ああ。もともとは昼に到着する予定だったからな」

俺が魔力を注いでブラズニルを加速させていなかったら、いまごろ王都は氷漬けになり、モリスタンさんも、この国の国王も、全員揃って凍死していただろう。

「コウ殿は、我々王都に住む者たちを守るために全速力で駆けつけてくださったのですね。本当にありがとうございます」

「……別に、そんな大した話じゃないんだけどな」

俺は右頬を掻きながら答える。

「俺はただ、自分にできることを、自分にできる範囲でやっただけだよ」

「コウの場合、その『できる範囲』が普通の人よりずっと広いから驚かれるのよね」

アイリスがクスッと微笑みながら言う。

「照れるのは分かるけど、ちょっとくらいは堂々としていいと思うわよ」

「やはり噂《うわさ》のとおり、謙虚な方なのですね」

モリスタンさんは納得顔で頷くと、さらに言葉を続ける。

「次ですが、二体目の災厄――『裂亡の緑竜』の出現はリリィ殿の【予知夢】にもなく、完全に予想外のことだった。これは間違いないでしょうか」

「はい」

リリィは短く答えると、首をコクリと縦に振った。

「私の【予知夢】に出てきたのは、白竜だけでした」

「ありがとうございます。最後の質問になりますが、緑竜の討伐はコウ殿ひとりで行った、ということでよろしいでしょうか」

「ああ、間違いない」

緑竜の出現はあまりにも突然のことであり、しかも猛烈な速度で王都へと向かっていた。

対応できるのは《神速の加護ＥＸ》を持つ俺だけであり、結果として単独での討伐となった。

俺があらためてそのことを説明すると、モリスタンさんは感嘆のため息をついた。

「たった一人であのように巨大な竜を討伐するとは、コウ殿は本当にお強いのですね……」

さすがにそれは持ち上げすぎだろう。

緑竜を倒せたのは【リミットブレイク】による魔力の爆発的な増大があってのことで、あくまで瞬間的なものだ。

普段の俺なら、白竜と戦ったときのように、アイリスたちの協力が必須になる。

そのことを説明すると、モリスタンさんには「コウ殿はどこまでも慎み深い方なのですね。その高潔さ、見習いたいものです」と感心されてしまった。

俺としては当たり前のことを言ったつもりなんだけどな。


そのあと、いくつかの質疑応答を挟んで報告会は終了となった。

「皆様、ご協力ありがとうございました」

モリスタンさんは俺たちのところにやってくると、深々と頭を下げた。

「報告会の内容はすぐに国王陛下に奏上する予定となっております。もしかすると後であらためてコウ殿にお話を伺わせていただくことになるかもしれません。よろしいでしょうか」

「もちろん構わないさ」

後々になってから新たな疑問が出てくる、というのはよくある話だからな。

俺自身にも身に覚えがあるので、快く頷いておいた。

「コウ殿、ありがとうございます。それでは失礼いたします」

モリスタンさんは一礼すると、部下の騎士たちを連れて迎賓館を去っていった。

さて。

これでひとまず事後処理は終わりだろうか。

「ふぁ……」

気が抜けたせいか、ついついあくびが漏れてしまう。

「コウさん、お疲れですね」

すぐ近くにいたミリアが、ニコッと微笑みかけてくる。

「よかったら肩、揉《も》みましょうか。わたし、こう見えて得意なんですよ」

「まあ、そのうちな」

今はそれよりも一眠りしたい気分だ。

考えてみれば、朝から……いや、夜明け前からずっと起きていたわけだしな。

とりあえず、昼まで仮眠でも取ろうか。

第七話

装備品を増やしてみた。

困ったな。

……眠れないぞ。

報告会を終えてトールの間を出たあと、俺は昼食まで寝るつもりで部屋に戻った。

楽な格好に着替えてベッドに入ったものの、そのころにはもう眠気が過ぎ去っていた。

むしろ眼《め》が冴《さ》えてしまっている。

俺の経験上、こんなときは横になっていても時間が過ぎていくばかりなので、別のことをしたほうがいい。

「ちょっと散歩でもしてくるか」

幸い、迎賓館には広くてきれいな庭がある。

外もいい天気だし、ちょっとぶらつくとしよう。

途中にベンチでもあれば、そこで昼寝するのもよさそうだ。

いや、待てよ。

時間帯としては午前だから朝寝になるのか？

まあいい。

俺は【アイテムボックス】からワイシャツとスラックスを選択して着替えると、ベッドから起き上がって部屋を出た。

穏やかな日差しを浴びながら、色彩豊かな花々に囲まれた庭園を歩く。

遠くからは噴水の音が聞こえ、時々、柔らかな風が頬《ほお》を撫《な》でた。

「……悪くないな」

最近、いつも誰かと一緒に行動してばかりだったから、自分一人だけの時間というものがとても新鮮に感じる。

しばらく進んだ先に、屋根付きでベンチの置かれたスペース……日本で言うところの四阿《あずまや》を見つけた。

小さな池に面しており、景色もなかなかよさそうだ。

俺はベンチに腰を下ろし、そよ風に揺らぐ池の水面をぼんやりと眺めていたが、ふと、やるべきことが残っていたのを思い出す。

「【創造】、まだやってなかったな」

先ほどの戦いにおいて俺は白竜と緑竜を倒したわけだが、その死骸は【自動回収】によって【アイテムボックス】に収納されており、新たなレシピも脳内に浮かんでいた。

白竜の亡骸《なきがら》×一　↓　氷帝竜の指輪×一
緑竜の亡骸×一　↓　風帝竜の指輪×一

黒竜の亡骸から炎帝竜の指輪を生み出したときも疑問だったが、どうして【創造】後のアイテムの名前が『白竜の指輪』とか『緑竜の指輪』じゃないんだろうな。

古代文明について調べていけば、その謎もいつか解明されるだろうか。

ともあれ【創造】してみよう。

俺は意識を集中させる。

氷帝竜の指輪：氷帝竜の力を宿した指輪。装備者は氷魔法について最上位の適性を与えられる。
コウ・コウサカにしか装備できない。
付与効果：《氷帝の後継者EX》《専用装備Ａ＋》

続いて風帝竜の指輪も【創造】しておく。

こちらの付与効果は《風帝の後継者ＥＸ》と《専用装備Ａ＋》であり、装備すると風魔法についての最上位の適性が得られるようだ。

俺は【アイテムボックス】を開くと、指輪を二つ、まとめて取り出した。

氷帝竜の指輪には青色の大きな宝石が、風帝竜の指輪には緑色の大きな宝石がそれぞれ取り付けられている。

とりあえず、装備してみるか。

氷帝竜の指輪を左手の人さし指に、風帝竜の指輪を右手の中指に嵌《は》める。

ほどなくして【フルアシスト】が自動的に起動し、魔法の習得が行われる。

どうやら『アイスアロー』と『ウィンドアロー』が使えるようになったらしい。

ちなみに炎帝竜の指輪を装備すると、ファイアアローが使用可能になる。

……アローばっかりだな。

もうちょっとバリエーションはないのだろうか。

正直、これならファイアアローだけで十分だぞ。

使い勝手も悪くないしな。

――そんなふうに考えていた矢先、脳内にレシピが浮かぶ。

炎帝竜の指輪×一　＋　氷帝竜の指輪×一　＋　風帝竜の指輪×一　↓　三帝竜の腕輪×一

ほほう。

炎帝竜、氷帝竜、風帝竜、三つの力を併せ持つから三帝竜なのだろうか。

もしかしたら新しい魔法が使用可能になるかもしれないし、作ってみよう。

「――【創造】」

三帝竜の腕輪：炎帝竜、氷帝竜、風帝竜の力を宿した腕輪。装備者は、炎魔法、氷魔法、風魔法について最上位の適性を与えられる。【創造】を所有している場合、《魔法生成ＥＸ》が発動可能になる。
付与効果：《三帝の後継者ＥＸ》《専用装備Ａ＋》《魔法生成ＥＸ》

三つの指輪の力をまとめて宿しているのは予想どおりだが、それよりも注目したいのは《魔法生成ＥＸ》だ。

魔力を消費することにより、新たな魔法を生み出すことができる。

属性としては炎、氷、風の三つに限られるが、二つ以上の属性を掛け合わせることも可能らしい。

そして俺の場合は【フルアシスト】があるため、漠然と「こんな魔法が使いたい」とイメージするだけで、あとは全自動で魔法が生成されるようだ。

これは面白そうだな。

後で王都の外に出て実験してみたいところだ。

ああ、そうそう。

今回は三連続で【創造】を実行したわけだが、それによってスキルランクが25から27に上昇していた。

脳内に無機質なアナウンスが響く。

新たなスキルとして【アイテム複製】が解放されました。

ふむふむ。

いったいどんなスキルだろうか。

俺は【鑑定】を発動させる。

……ふむふむ。

効果としては名前のとおりだ。

【アイテムボックス】内のアイテムを指定すると、その複製をひとつ生み出すことができる。

複製されたアイテムだが、これはオリジナルとまったく同じ性能、付与効果を持つらしい。

使い方によってはものすごく便利そうなスキルだが、もちろん、制限も多い。

そのうちのひとつは『【アイテム複製】の発動にあたっては魔力を必要とし、対象とするアイテムの性能によって消費魔力は異なる』という点だ。

おそらく、強力なアイテムであればあるほど、魔力の消費量は大きくなるのだろう。

だからたとえば、魔剣グラムを複製して二刀流なんてマネはできない……あれ？

おい。

ちょっと待ってくれ。


竜殺しの魔剣グラムに対して【アイテム複製】を使用しますか？

消費魔力はＭＰ換算で10万です。


ちなみに現在、俺のＭＰは10万と３００だ。

……複製できるな。

やるか？

やってしまうのか？

魔剣グラムは神器であり、ＲＰＧにたとえるなら一点モノのイベントアイテムだ。もし捨てようとしたらシステムメッセージに『それを捨てるなんてとんでもない！』と怒られるだろう。

それを複製できるなんて、まさにチートとしか言いようがない。

なんだかドキドキしてきたぞ。

世界に二つとないはずの神器を二つにしてしまう。

背徳的というか、冒涜《ぼうとく》的というか、そんなことをやらかして大丈夫だろうか。

けれども目の前に選択肢を提示されると、湧き上がる興味を抑えることができない。

どうする、俺。

迷っていたそのとき、背後から声が聞こえた。

「……あの、コウさん」

「うわっ!?」

しまった。

驚いた拍子に、スキルを発動させてしまった。

えーと。

おそるおそる【アイテムボックス】を確認する。

竜殺しの魔剣グラム×二

やってしまった。

冷静に考えれば、別に悪いことをしたわけじゃないよな。

グラムが増えたっていいじゃないか。

世の中、何が起こるか分からないからな。

予備を作るのは大事だ。

なんなら布教用（？）にもう一本……と言いたいところだが【アイテム複製】にはクールタイムがあって、次に発動できるのは二十四時間後だ。

それはともかく、ちょっと落ち着こう。

すぅ、はぁ。

「コウさん、大丈夫ですか？」

「ああ。ちょっと驚いただけだ」

俺はそう答えながら背後を振り向く。

そこにはリリィが立っていた。

気遣うような視線をこちらに向けている。

「すみません。急に声をかけて」

「別に構わないさ。何か用事か？」

「いえ、たまたま姿を見かけたので……。隣、座ってもいいですか」

「もちろん」

俺はベンチの左側に寄って、リリィのために場所を空ける。

「ほら」

「ありがとうございます」

リリィはペコリと一礼すると、俺のすぐ右横に腰掛けた。

「ここ、いい景色ですね」

「気分転換にちょうどいいよな」

そんなふうに言葉を交わしたあと、しばらく、沈黙の時間が流れた。

遠くから噴水の音が微《かす》かに聞こえてくる。

「あの」

リリィが、ぽつり、と口を開いた。

「どうした？」

「……未来、変わりましたね」

リリィが言っているのは【予知夢】のことだろう。

本来なら王都は白竜によって氷に閉ざされ、住民たちは一人残らず命を落としていたはずだ。

だが、俺たちは本来の予定よりもずっと早くに王都へ到着し、犠牲も被害もなく戦いを終えることができた。

「実は王都に辿《たど》り着くまで、ずっと疑っていたんです。ブラズニルがどれだけ加速しても、トラブルが起こって白竜の出現には間に合わないんじゃないか。【予知夢】どおりになるんじゃないか。

そんなことを考えていました。……ごめんなさい」

「謝ることじゃないさ。これまで、明確に【予知夢】が外れたことはなかったんだろう？」

「はい。だから今回は本当に驚きました」

しみじみとリリィが呟《つぶや》く。

「もしかするとあの夢も、すでに外れた後なのかもしれません」

「ん？」

「幼いころに見た【予知夢】です」

ああ、あれか。

ユグドラシルの弓の封印が解けたとき、自分の命を生贄《いけにえ》にして災厄殺しの矢を召喚する――。

リリィは小さいころ、そんな【予知夢】を見たらしい。

だが、暴食竜との戦いにおいて災厄殺しの矢を召喚したときは、リリィの命ではなく魔力を消費するだけで済んだ。

運命が変わったのか、あるいは、また別の機会に命を捧《ささ》げる場面が訪れるのか。

まだ明確な結論は出ていないが、以前、リリィは後者の可能性を主張していた。

今はどうなのだろう。

訊《たず》ねてみると、答えはすぐに返ってきた。

「もし後者だったとしても、コウさんと一緒なら運命を変えられる。……今は、そう思っています」

「分かった。じゃあ、そのときは信頼に応えないとな」

「よろしくお願いします。……私も、長生きしたいですから」

それはよかった。

出会った当初のリリィは自分の命というものを軽く見積もっているところがあったが、どうやら、多少は考えが変わったらしい。

「そう思えるようになったのは、コウさんのおかげです」

「俺が何かしたか？」

「一緒にあちこち旅をして、色々な経験をさせてもらいました。温泉に入ったり、海を見たり、おいしいものを食べたり……。私、まだまだこの世界を楽しんでみたいです」

「奇遇だな」

俺はふっと笑いながら答える。

「俺もまだまだ、この世界を堪能してないからな。皆で色々なところに行こう」

「……はい！」

リリィは、年相応の少女らしい、明るい笑みを浮かべて頷《うなず》いた。

さて。

なんだかいい話っぽい雰囲気になったが、俺はひとつリリィに打ち明けるべきことがある。

彼女は【戦神の巫女《みこ》】であり、神器の管理を使命としている。

……正直に言っておいたほうがいいよな。

報告、連絡、相談は社会人の基本だし、子供に隠し事をするのは大人として褒められたことじゃない。

「リリィ、聞いてくれ。大事な話がある」

「……なんでしょうか」

「ここにグラムがあるよな」

俺は【アイテムボックス】を開いて、一本目のグラムを取り出す。

太陽に照らされて、銀色の刀身がキラリと輝いた。

「もしかして神器に異常でもありましたか」

「いや、そういうわけじゃないんだ。……見てくれ」

俺はさらに【アイテムボックス】から二本目のグラムを取り出す。

こちらも太陽を反射して、刀身がキラリと輝いている。

「グラムが増えたんだ」

「……えっ」

リリィは二振りのグラムを前にして、完全にフリーズしてしまった。

時々、瞬《まばた》きをするくらいで、一言も発さない。

俺はひとまず【アイテム複製】の効果について伝え、うっかり（？）グラムに対して発動させてしまったことについて説明した。

「その、なんだ……。神器におかしなことをして、すまない」

「えっと」

リリィは戸惑いの表情を浮かべながらも口を開く。

「少し、グラムを調べさせてもらっていいですか。両方とも」

「ああ。好きに見てくれ」

ベンチの近くにテーブルがあったので、そこに二振りのグラムを並べる。

「ありがとうございます。失礼します」

リリィはベンチから立ち上がると、まず、右手をオリジナルのグラムにかざした。

そのあと、コピーのグラムにかざす。

「どっちが複製したものか分かるのか」

「はい。私は【戦神の巫女】ですから」

リリィはコピーのほうを指さして、自信満々に言った。

「こちらがもともとのグラムです」

ええと……。

「どうですか」

「非常に言いにくいんだが……違うな」

「……？」

リリィは、こてん、と首を傾《かし》げた。

やけに仕草が可愛《かわい》らしいな。

「コウさん」

「どうした？」

「もう一度チャレンジさせてください。【戦神の巫女】の名に懸けて、次は絶対に当ててみせます」

そう告げるリリィの表情からは、かつてないほどの気迫が漲《みなぎ》っていた。

「分かった。じゃあ、いったん【アイテムボックス】に戻すぞ」

「お願いします」

俺はグラムを二振りとも【アイテムボックス】に収納する。

そのあと、テーブルの左側にオリジナルを、右側にコピーを置いた——。


「右ですか」

「……左だな」

「あと一回、あと一回お願いします」

「じゃあ、これでどうだ」

「左です」

「おっ、今回は正解だ。よかったじゃないか」

「まぐれかもしれません。念のためにもう一回いいですか」

「この際だから十回勝負にするか」

「頑張ります……！」


最終的に十回から延長して二十回勝負になったが、リリィの正解は十一回だった。

「要するに、オリジナルとコピーの区別はつかない、ってことか」

「……悔しいです」

リリィはがっくりと肩を落としながら頷く。

意外に負けず嫌いなところがあるんだな。

リリィの新しい一面を発見して、ちょっと得した気分だ。

「ところで俺たち、もともとは何の話をしていたんだっけな」

「私がコウさんにお願いして、グラムを調べさせてもらっていたんです」

「結果はどうだった？」

「オリジナルもコピーも、ほぼ同一の神気を帯びています。……【戦神の巫女】である私も区別できないくらい、そっくりでした」

リリィはまだ少し落ち込んでいるらしく、伏し目がちに呟いた。

だが、すぐに気を取り直して、俺のほうを見上げながら言う。

「もしかしてユグドラシルの弓も、複製できますか」

「ちょっと待ってくれ。確かめてみる」

俺は軽く目を閉じると意識を集中させた。

【アイテム複製】を起動する。

まだクールタイムが終わっていないので発動はできないが、アイテムを指定すれば複製の可否と必要な魔力量は分かる。

ユグドラシルの弓はどうだろうか。

……なるほど。

まず、複製が可能か不可能かで言えば可能だ。

ただし必要な魔力は２５０万となっている。

もしも弓を増やしたいのであれば【リミットブレイク】を発動させる必要があるだろう。

そのことを話すと、リリィは感嘆のため息をついた。

「本当に、コウさんはどこまでも規格外です」

「とりあえず、二本目のグラムも俺が持っていていいのか」

「はい。もしものときの予備にしてください」

「あるいは二刀流とかな」

自分で言ってみてなんだが、なかなか格好いいんじゃないか？

俺は左右の手にそれぞれグラムを持つと、【器用の極意】を発動させながらポーズを取る。

シャキーン。

「……どうしたんですか？」

リリィが不思議そうに声をあげる。

どうやら男のロマンは理解できなかったらしい。

「いや、何でもない」

俺は二振りのグラムをまとめて【アイテムボックス】に収納しながら答える。

もしもここにレティシアがいれば、二刀流の格好良さについて共感してもらえただろうか。


それから俺たちはベンチを離れ、一緒に迎賓館へ戻ることにした。

道すがら、リリィが言う。

「私の勘違いかもしれませんが」

「ああ」

「時々、神気のようなものを感じるんです」

「どういうことだ？」

俺が問いかけると、リリィは少し悩んでからこう答えた。

「もしかすると戦神に近しい何か……眷属《けんぞく》と呼ぶべき存在が近くにいるのかもしれません」

なんだって？

それは……ちょっと心配だな。

「もし眷属とやらが近くにいるとして、だ」

「はい」

「俺がグラムを増やしたことを知ったら、めちゃくちゃ怒るんじゃないか？」

「悪いことをしたわけではないですし、大丈夫だと思います。……たぶん」

たぶんなのか。

……ちょっと怖いな。


リリィと一緒に迎賓館に戻ると、なんだか違和感があった。

スタッフは皆そわそわしており、どこか空気が張りつめているというか、日本にいたころの経験に当てはめるなら、会社のお偉いさんがいきなり視察に来たときのような雰囲気だった。

「……ちょっと、変です」

リリィも何かを感じ取ったらしく、不思議そうに周囲を見回している。

俺は近くにいた男性スタッフに訊ねてみることにした。

「なにかあったのか？」

「い、いえっ！　と、と、特に何もあります……えん！」

「あるんだな」

本人としては「ありません」と言いたかったのだろうが、うっかり「あります」と言ってしまい、慌てて誤魔化したのだろう。

「ちゅ、昼食の準備はできておりますので、食堂へどうぞ！　ではっ、失礼ながら失礼します！」

男性スタッフは大慌てで一礼すると、その場から早足で逃げていった。

言葉遣いもおかしなことになっているし、よほどの事態が起こっているのだろう。

俺とリリィは揃《そろ》って首を傾げながら、ひとまず食堂へ向かう。

その途中、リリィがハッと息を呑《の》んで立ち止まった。

「……コウさん」

「ん？」

「神気を感じます。うっすらと、ですが」

「眷属が近くにいるってことか」

「はい。おそらくは、食堂に」

さて、どうしたものかな。

グラムのことを考えると、正直なところ回れ右して「食事は部屋に持ってきてくれ」と言いたいところだが、さすがに子供の前で情けないところは見せられない。

ここは腹を括《くく》るところだろう。

俺は意を決して食堂へ向かう。

入口のところには女性スタッフ二人が立っており、俺たちの姿を見ると一礼してからドアを開けてくれた。

その向こうには、熊のように大柄な男性が立っていた。

身なりはかなり整っており、金縁の豪奢《ごうしゃ》な衣服の上に赤いマントを纏《まと》っている。

第一印象としては「王様っぽいな」というものだった。

男性は俺の姿を見ると、モジャモジャの髭《ひげ》をたくわえた口元に、ニッと人好きのする笑みを浮かべた。

「おお、待っておったぞ。コウ・コウサカ殿」

どうやら向こうは俺のことを知っているらしく、親しげな様子でこちらに近づいてくる。

そして右手を差し出しながら、やや砕けた口調でこう告げた。

「余はオクト・ディ・ノルディック、この国の八代目の王を務めておる。よろしく頼むぞ、コウ殿」

ええと。

男性——オクトは国王と名乗った。

つまりは、とんでもないお偉いさんだ。

そんな人がいきなり来たせいで、迎賓館のスタッフたちは慌てていたのかもしれない。

こういうときの態度ってどうすればいいんだ？

俺は数秒ほど迷って、ひとまず、握手に応えることにした。

「コウ・コウサカです。よろしくお願いします」

「うむ。……コウ殿はいい手をしているな」

オクト王は俺の右手をグッと握りながら呟いた。

「多くの命を掬《すく》い上げることのできる、英雄の手だ」

「恐縮です」

俺はそう答えながら、あらためてオクト王の様子を観察する。

さっきからやけに親しげというか、俺への好感度が高いように思える。

「コウ殿、このたびはよくぞ王都を守り抜いてくれた。この国の王として、そして王都に住む者の一人として心から感謝する」

握手を終えると、オクト王はそう告げて深々と頭を下げた。


どうやらオクト王は、俺たちに礼を言うため、お忍びで迎賓館に来たらしい。

「本来ならば諸君らを宮殿に招待して謁見《えっけん》の形を取るべきなのだろうが、守ってもらった側が自分のところに恩人を呼びつけるのは無礼に思えてな。いずれまた正式な形で場を整えさせてもらうが、今回は余のほうから足を運ばせてもらった……というわけだ」

ところでオクト王に気を取られていたせいで今まで気づかなかったが、食堂にはすでにアイリスとレティシア、そしてスララの姿があった。

食堂には円形の大きなテーブルが置かれており、アイリスたちは椅子に座っている。

俺、リリィ、そしてオクト王は空いている席に腰を下ろした。

「ミリアはどこに行ったんだ？」

「冒険者ギルドの本部よ」

俺の左隣にいるアイリスが答える。

「コウへの報奨金を計算するって言ってたわ。夕方には戻ってくるみたい」

「余のタイミングが悪かったか。唐突な訪問なのは分かっているが、残念だ」

ううむ、と唸《うな》り声をあげたのは、俺の右横に座るオクト王だ。

「ミリア嬢は、コウ殿が冒険者ギルドに登録した際の手続きを担当したと聞いている。駆け出し時代のコウ殿の話を聞けると思ったのだがな」

「それはわたくしも興味ありますわね」

斜め向かいに座るレティシアが、クスッと微笑《ほほえ》みながら言った。

「ところで、レリック様はどちらに？」

「お部屋で寝てたよ！　ぐーすかぴー、って！」

スララが元気よく答える。

「ゆさゆさしてみたけど、ぜんぜん起きないんだ。もう一回チャレンジしたほうがいいかなあ」

詳しく話を聞いてみると、スララはドアの隙間《すきま》を通ってレリックの部屋に侵入したらしい。

不定形のスライムならではの行動だな。

そして眠りこけているレリックを揺さぶったものの、まったく反応がなかったようだ。

「かまわぬ、かまわぬ」

鷹揚な態度で笑いながらオクト王が言う。

「あいつも長旅で疲れておるのだろう。ゆっくりさせてやればいい」

「寛大なんですね」

俺がそう口にすると、オクト王は「レリックとも長い付き合いだからな」と答えた。

「ところでコウ殿。余の前だからといって畏《かしこ》まることはないぞ。冒険者らしく、気楽に話すがいい」

「いや、さすがにそういうわけには……」

「公式な場ならばともかく、今回は私的な訪問だ。気にせずともよい。——貴殿とは、腹を割って話さねばならんからな」

オクト王はスッと表情を引き締めると、そんなことを呟いた。

……ん？

現在、俺たちの位置関係としては、円形のテーブルを中心として時計回りに、俺、アイリス、レティシア、スララ、リリィ、オクト王の順番で座っている。

そしてリリィだが、先ほどからずっと黙ったまま、じーっとオクト王のことを見つめていた。

いったいどうしたのだろう。

待てよ。

そういえばさっき、リリィが言ってたな。

近くに戦神の眷属がいるかもしれない、って。

ちょっと訊《き》いてみるか。

「国王陛下、ひとつ、よろしいですか」

「コウ殿。先ほども言ったが、もっと楽に話せ」

オクト王はニッと微笑みかけてくる。

「貴殿は王都のみならず、数多くの街の危機を救ってきた。まさに我が国の救世主だ。そのような大英雄を下に置くことはできん。貴殿が仲間に接するように、余にも接してほしい。……なにより、変に畏まられると王としての性分で言葉の裏を読まずにいられんからな」

「承知しました。……いや、分かった」

俺はオクト王の提案を受け入れることにした。

国王、つまりは国のトップに対して敬語も何もなく話しかけることには抵抗があるが、言葉の裏を読まずにはいられない、と呟いたときのオクト王の表情に切実なものを感じたからだった。

あくまで俺の個人的な想像に過ぎないが、やはり政治の世界というのはドロドロとした腹の探り合いが存在して、オクト王はそれに疲れきっているのかもしれない。

ともあれ、話が脱線してしまったので本筋に戻すとしよう。

戦神の眷属かどうか確かめないとな。

「国王に訊きたいことがある。質問させてもらってもいいか」

俺はそう言いながらオクト王の表情を観察する。

王のリクエストに沿ってざっくばらんな口調で話しかけてみたが、反応はどうだろう。

「うむ！　遠慮することはない。貴殿の問いならばいくらでも答えよう！」

……ちょっと嬉《うれ》しそうだな。

そんなことを考えつつ、俺は問いかける。

「こちらの勘違いだったらすまないが、国王は戦神と何か関係があるのか」

「……ほう」

感心したようにオクト王が声をあげた。

「察しがいいな。それとも余を【鑑定】したか？」

「いや、まだだ」

俺は正直に答える。

相手が敵対的な存在だったり、その可能性が高いのなら仕方ないにしても、無断で他人のプロフィールを覗《のぞ》くのは失礼というものだろう。

とくにオクト王は一国の王だからな。

俺としては気を遣うべきところだと思っている。

そのことを話すと、オクト王はニカッと白い歯を見せて笑った。

「それは素晴らしい心掛けだ。貴殿は強いだけでなく、高潔でもあるのだな」

ますます気に入ったぞ、と言いながらオクト王は俺の肩をぽんぽんと叩《たた》いた。

その後、周囲にいた給仕たちを退出させると、こう告げる。

「さて、それでは質問に答えるとしよう。一般には知られておらんが、この国の初代国王トール・ディ・ノルディックは半神半人の存在にして、戦神ウォーデンの息子だ。余はその血を引いておる。いわば【戦神の末裔《まつえい》】だ」

第八話　戦神に会ってみた。

「コウ殿、余を【鑑定】するといい。今の言葉が嘘《うそ》ではないことが分かるはずだ」

オクト王に促され、俺はそのステータスを見せてもらう。

所持しているスキルは【威風】【風魔法】そして【戦神の末裔《まつえい》】の三つだった。

【威風】は発動させると、オーラのようなものが出て周囲の人々を従えることが可能らしい。

ただし一種の状態異常として扱われるため、俺の【転移者】でブロックできるようだ。

【風魔法】については文字どおりなので説明を省くとして、重要なのは【戦神の末裔】だろう。

これは戦神の血を引く者に与えられるスキルで、神器の修理が可能になるらしい。

「とはいえ、余の力はコウ殿の役にはあまり役立たんかもしれんな。魔剣グラム、そして無銘の槍《やり》は四千年前の戦いで壊れてしまったそうだが、【創造】の力で直したのであろう？」

「ああ、そのとおりだ」

「コウ殿が【創造】というスキルを持つことは有名だからな。ザード大橋やフォートポートの港をたった一人で作り直したことは余の耳にも入っておる。今後、もし神器が壊れて【創造】でも修復ができん場合は余のところに持ってくるがいい」

「分かった。覚えておく。……ところで、実は神器について相談があるんだ。現物を見てもらっていいか」

「許可しよう。余も、神器がどのようなものか興味があるからな」

オクト王は眼《め》を輝かせながら頷《うなず》いた。

俺は椅子から立ち上がると、円卓から少し距離を取る。

周囲に給仕のスタッフがいないことを確認してから【アイテムボックス】を開いた。

魔剣グラム、そのオリジナルを取り出す。

「ほう……！」

オクト王が感嘆のため息をつく。

「神器のひとつ、竜殺しの魔剣グラムだな」

「ああ、そしてもう一本、同じものがある」

俺は【アイテムボックス】からコピーのグラムを取り出した。

「ええっ！」

驚きの声をあげたのは、アイリスだった。

「グラムが、増えてる……!?」

「どどどどど、どういうこと、マスターさん！」

「この展開は、わたくしも予想していませんでしたわ」

スララもレティシアも、かなり衝撃を受けているようだ。

「コウ様。二本目のグラムはいったいどこで拾ってきましたの？」

「スキルで増やしたんだ」

俺はそう言って【アイテム複製】について説明する。

ついでにユグドラシルの弓も、魔力さえあればコピーできることも伝えておいた。

さすがにショックが大きかったらしく、アイリスも、スララも、そしてレティシアもあんぐりと口を開けたまま固まってしまった。

そしてオクト王の反応はというと――

「くはははははっ！　まさに規格外とはこのことだな、コウ殿！」

愉快そうな様子で大きな笑い声をあげると、俺の横にやってくる。

「よいよい。むしろ、それくらい破天荒でなければ今の時代は乗り切れんだろう。まったく、貴殿が【転移者】で本当によかったと思うぞ」

「国王は、俺が【転移者】であることを知っているのか？」

「余は【戦神の末裔】だからな。この世界の外から来た者のことは気配で分かる」

ということは災厄のことも察知できるのだろうか。

レティシアの話だと、世界の外から呼び寄せられた存在のはずだからな。

彼女の素性も分かっているのか、と訊《たず》ねてみると、オクト王は自信満々に頷いた。

「もちろん把握しておる。ノースティア王国の元第二王女であろう」

ううむ。

これはどうやら理解していなさそうな雰囲気だな。

レティシアに視線を向けると、眼と眼が合った。

小さく頷いているので、正体を明かしても構わない、ということだろう。

「信じられないかもしれないが、レティシアは災厄の生まれ変わりだ」

「……なんだと」

どうやら想定外のことだったらしく、オクト王は眼をカッと見開いたままフリーズする。

一方で、レティシアが悠々とした態度で話し始めた。

「わたくしも淑女ですので、人前では気配を抑えていますの。……少しだけ、緩めてみましょうか」

すうっ、と。

深青色の瞳が細められる。

次の瞬間——

キイイイイイイイイイイン！

キイイイイイイイイイイイン！

出しっぱなしのまま俺の両手にそれぞれ握られていた二振りのグラムが金属音を発した。

災厄の出現を知らせる警戒音だ。

「これくらいにしておきましょうか」

レティシアが肩をすくめる。

ほどなくしてグラムの金属音も鳴りやんだ。

とりあえず【アイテムボックス】に戻しておこう。

「レティシアおねえさん！　いまの、なんだかすごい空気だったね！　かっこよかったよ！」

「ふふっ、ありがとうございます。スララ様は強い子ですのね」

レティシアは穏やかな微笑を浮かべると、右手を伸ばして、スララのまるい身体を優しく撫《な》でた。

それから、黙ったままのオクト王に告げる。

「今ので理解していただいたかと思いますが、わたくしはノースティア王国の元第二王女レティシアであると同時に、災厄のひとつ『赫奕《かくやく》たる傲慢竜《ごうまんりゅう》』の生まれ変わりでもありますの。とはいえ、世界を滅ぼすとか、そのような面倒事に手を出すつもりはないのでご安心くださいませ。わたくしのことは、コウ様の仲間の一人として認識していただければ結構ですわ」

「……なるほど」

オクト王はようやく我に返ったらしく、レティシアの言葉に短く答える。

「そういえばレティシア殿も、先ほどの戦いに加わっていたそうだな」

「ええ。天に浮かぶ星々のひとつを白竜にぶつけてやりましたわ」

「豪快なことだ」

ニッ、とオクト王は笑みを浮かべると、今度は俺のほうを向いた。

「災厄が人に生まれ変わり、さらには【転移者】に仲間として付き従うなど、本来なら考えられん事態だ。まったく、コウ殿はつくづく常識の枠を飛び越えてくるな」

「ええと……。すまない」

「謝ることはない。他にも隠し玉があれば教えるがいい。大抵のことでは驚かんぞ」

「実は、無銘の槍についても話がある」

「神器のひとつだな。そちらも二つになったのか」

「竜神の盾と併せて【創造】の素材に使わせてもらった」

「……は？」

「無銘の槍はもう存在しないんだ」

「……」

「オクト王？」

返事がない。

どうやらまたフリーズしたらしい。

とりあえず、復帰するまで待つとしよう。


「どうやら余はコウ殿をまだまだ甘く見ていたらしい……」

オクト王は席に座り直すと、しみじみとした様子でそう呟《つぶや》いた。

「余としては自分が【戦神の末裔】であることを明かして、貴殿らを驚かせるつもりだったが……返り討ちに遭ってしまったな。見事だ」

そんなことを考えていたのか。

意外にお茶目なところもあるんだな。

まあ、レリックと仲がいいって話だし、それくらいの遊び心はあって当然かもしれない。

「今回は余の負けだ。だが、次はこうはいかんぞ」

もしかしてこの王様、結構負けず嫌いなのか？

リリィもそうだったし、戦神の関係者はみんな似たようなところがあるのかもしれない。

「さて、余興はこれくらいでよかろう。皆も腹が減っておるだろう。食事にしようではないか」

王都は南側が海に面していることもあって、メニューは海の幸を使ったものが多かった。

たとえば前菜のひとつ、ホタテとカラスミのカルパッチョ。

ぷりぷりのホタテに、カラスミのコクと塩気がほどよくマッチしている。

続いて出てきたカニのキッシュは、濃厚な卵の風味が広がった後にカニの香りがフワッとやってくるので、「おいしい」だけじゃなく「面白い」味わいだった。

料理はコース仕立てになっており、次に運ばれてきたのはスープだった。

見た目は灰色で、クルトンが浮かんでいる。

いったい何のスープだろう。

「これは余のお気に入りでな」

と、オクト王がにんまりと笑顔を浮かべながら呟く。

「ゴボウのポタージュだ。香りがたまらんぞ」

異世界にもゴボウがあるのか。

正直、びっくりだ。

口に含んでみると、確かにゴボウの味と香りがする。

そして食物繊維たっぷりのせいか、飲み終えたときにはものすごい満足感があった。

「おなか、いっぱいかもしれません……」

リリィが心配そうに呟く。

気持ちはちょっと分かるぞ。

まだ前菜が終わったばかりで、メインディッシュはこれからだもんな。

「だいじょうぶだよ、リリィおねえちゃん！」

力強い調子でスララが言う。

「食べきれなかったら、ぼくが食べるよ！」

「それはダメです」

即答だった。

リリィもリリィで、わりと食いしん坊なところがあるもんな。

その姿を見て、アイリスとレティシアが揃《そろ》ってクスクスと笑っていた。

やがて魚料理が運ばれてくる。

メニューの名前は『ノルディック海老《えび》のポワレ』といい、鮮やかな赤海老が殻付きで盛り付けられていた。皿全体に広がった、オレンジ色のアメリケーヌソースがさらに食欲をそそる。

ちなみにノルディック海老の『ノルディック』はこの国の王家にちなんだもので、近海で獲《と》れる海老の中で最も味がいい品種らしい。

俺のいた世界に当てはめるなら伊勢海老、あるいはオマール海老に相当するのだろう。

実際、歯応えもよく、そのまま食べても十分に海老としての味わいがある。

しかしソースに絡めることで、旨味《うまみ》が二倍、三倍、いや、何十倍にも膨れ上がった。

「……うまい」

文句なしだ。

ゴボウのスープを飲み終えたときの満腹感はどこへやら、気がつくとノルディック海老の身は皿の上からきれいさっぱり消えていた。

今は俺の胃袋の中だ。

そしてまだまだ腹が減っている。

アイリスも俺と同じ感覚だったらしく、こんなことを呟いた。

「さっきまで満腹だった気がするけど、急にお腹が空《す》いてきたわね……」

「ここまでの食事で胃に栄養が行き渡って、消化がよくなってきたのかもしれませんわね」

なるほどな。

満腹と思ったらまだまだ食べられる――いわゆる別腹という現象はそうやって起こっているのかもしれない。

レティシアの説明に納得していると、口直しに梨のシャーベットが運ばれてきた。

スッキリとした味わいが舌をリセットしてくれる。

さあ、いよいよコースもクライマックスだ。

肉料理が運ばれてくる。

メニューは、牛テールの赤ワイン煮込み。

牛の品種はシクス牛であり、これはトゥーエ牛と双璧を成すブランドらしい。

テール、つまり尻尾の部分というのは硬い部位なのだが、じっくり煮込むことで柔らかくなる。

ほろほろ、とろとろの肉の食感と、脂の旨味が溶け出したスープがたまらない。

最後のデザートはフルーツを添えたロールケーキだった。

生クリームを贅沢《ぜいたく》に使っており、食べ終えたときの満足感はかなりのものだった。

ごちそうさまでした。

「コウ殿。よければオーネンから王都に辿《たど》り着くまで、どのようなことがあったか余に教えてはくれんか。報告は受けておるが、やはり、当事者の話というものが一番よく分かるからな」

食後、俺たちはオクト王に頼まれ、王都への旅について説明することになった。

いつもどおり、俺が大筋を説明して、他の皆が補足するスタイルだ。

オクト王が食堂にいたスタッフたちを退出させてくれたので、かなり突っ込んだところまで話すことができた。

話の中でオクト王が最も興味を示したのは、ユグドラシルの弓についてだった。

「王家の伝承でも、ユグドラシルの弓を使うには【戦神の巫女《みこ》】の命が必要になる、とは言われておる。……だが、実際には魔力の消費だけで災厄殺しの矢が召喚できた、ということか」

「ああ。もし理由を知っていたら教えてほしい」

「ふうむ……」

オクト王は右手で自分の顎鬚《あごひげ》を撫でながら唸《うな》り声をあげた。

「残念だが、余にも分からん。ユグドラシルの弓については不思議だらけだ。コウ殿が自力で召喚したという『ユーミルの矢』や『災厄封じの矢』に至っては、名前を聞いたこともない。真実を知りたいなら、弓を作った当事者……戦神に訊《き》くしかあるまい」

戦神か。

災厄についても色々と知ってそうなので一度は話してみたい気持ちもあるが、そもそも実在するのだろうか。

この世界に来てから色々なことがあったが、現代日本で暮らしていた俺としては、神なんて宗教上のフィクションだ、という感覚がどうにも拭えない。

俺がそんなふうに考え込んでいると、右隣のオクト王が声をかけてくる。

「ところでコウ殿、今日はこれから予定はあるだろうか」

「いや、俺は大丈夫だ。……皆はどうだ？」

俺の問いかけに、アイリスたちは揃って首を縦に振った。

「とりあえず今日は迎賓館でゆっくりするつもりだったわ」

「私も、休もうかなと思っていました」

「わたくしは久しぶりにゆっくり絵でも描こうかと」

「ぼくは、お庭でむしさんとあそぶよ！」

スララがやけに可愛《かわい》らしい答えだな。

それはともかく、全員、明確な用事はなさそうだ。

「ならばちょうどいい」

ニヤリ、とオクト王は笑みを浮かべた。

「王宮の地下には、余の祖先である戦神が永き眠りについておる。……【転移者】であるコウ殿の力があれば目を覚ますかもしれん。一度、来てもらいたい」

王宮の地下には、戦神が眠っている。

オクト王の突然の爆弾発言に、俺たちは揃って面食らっていた。

「待って、ください」

驚きの声をあげたのは【戦神の巫女】であるリリィだった。

「戦神様が、王宮に……!?」

「知らぬのも無理はあるまい」

頷きながらオクト王が告げる。

「戦神の居場所は、戦神教の最高司祭と【戦神の末裔】たる王家の者だけが知る極秘事項だからな」

なるほど……って、あれ？

極秘事項なのに、こんな簡単に明かしてしまっていいのだろうか。

そのことを訊ねると、オクト王は「本来ならば許されることではあるまい」と答えた。

「だが、今は非常事態だ。災厄が次々に出現し、それ以外の地域でも魔物の大量発生などの異常が相次いでおる。この時代を乗り越えるには、もはや過去の前例や慣習に従っている場合ではない。王としてそう判断したまでだ」


というわけで、俺たちは戦神の眠る場所へ向かうことになった。

「この王都には王族だけが知る地下通路がいくつも存在する。そこを通るとしよう」

オクト王に連れられ、俺たちは迎賓館を出た。

庭を歩き、噴水の横を通り抜け、辿り着いたのは小さな池のほとりだった。

すぐ近くには屋根付きのベンチがある。

昼食前に、リリィと二人で話をした場所だ。

まさかこんなところに地下への入口があるのか。

「少し、待つがいい」

オクト王はそう言うと、屋根を支える四本の支柱にひとつひとつ触れていく。

四本目の支柱から手を離したところで、俺たちの足元に魔法陣が浮かんだ。

その模様は剣、槍、弓を組み合わせたもので、つまりは戦神を示す紋章だった。

「うわっ!?」

浮遊感とともに、視界が真っ白に染まる。

次の瞬間、俺たちは薄暗い地下通路にワープしていた。

「皆、ちゃんと揃ってるか？」

「あたしは大丈夫よ。リリィちゃんは？」

「びっくりしました……」

「マスターさん！　いま、ふわっ、ってしたね！　ふわふわ！」

「転移の魔法でしょうか。興味深い技術ですわね」

どうやら全員、きっちりワープできたらしい。

もちろんオクト王も一緒だ。

「驚かせてすまんな。さて、こっちだ。ついてくるがいい」

地下といえば日の当たらない場所であり、ジメジメと埃《ほこり》っぽいイメージがある。

だが不思議なことに、通路の空気は澄み渡っており、まるで早朝の森を歩いているような清々《すがすが》しさに満ちていた。

もしかすると、近くで戦神が眠っている影響かもしれない。

「ところで」

道すがら、オクト王が声をかけてくる。

「コウ殿は災厄が何なのか知っているかな」

「……難しい質問だな」

俺はそう前置きしてから、自分の持っている知識を振り返って答える。

「レティシアの話だと、災厄は他の世界から呼び寄せられた存在らしい。……合ってるよな？」

「ええ、そのとおりですわ」

俺の言葉にレティシアが頷く。

「コウ様に話しそびれていた部分も含めて説明すると、わたくしたち災厄は、兄弟姉妹のような例外を除けば、皆、お互いに別々の世界で暮らしていましたの。たとえば白竜や緑竜は、同じ災厄という括《くく》りにはなりますけれど、先ほどの戦いが初対面ですわね」

それは初めて聞く話だ。

つまり災厄というのは、それぞれの世界に生息していた強大な存在のオールスターチームということだろうか。

「以前の世界での記憶は曖昧ですけれど、わたくしたちは何者かによってこの世界に送り込まれて、災厄としての名前と『この世界を滅ぼす』という役割を与えられましたわ。……ただ、わたくしの場合はなぜか人間に生まれ変わっていますし、役割を果たす意思がまったく湧いてきませんから、例外が多い身の上であることはご承知くださいまし」

「……災厄としての名前、か」

レティシアの話を聞いて、ピン、と閃《ひらめ》きが降りてきた。

黒竜の死骸からは炎帝竜の指輪が【創造】できた。

もしかして『極滅の黒竜』の本来の名前は『炎帝竜』だったのではないだろうか。

白竜や緑竜はどうだろう。

『絶壊の白竜』や『裂亡の緑竜』は何者かによって与えられた災厄としての名前であり、生息していた世界においては『氷帝竜』や『風帝竜』と呼ばれていたのかもしれない。

俺はすぐに自分の考えを皆に説明した。

「ありえそうな話ね」

アイリスが納得顔で頷く。

「炎帝竜、氷帝竜、風帝竜……。この調子だと、地帝竜がいてもおかしくなさそうね」

「マスターさんなら、簡単にやっつけられるよ！」

ぴょん、と飛び跳ねながらスララが飛びついてくる。

その丸い身体を抱え上げながら俺は答えた。

「今はちょっと難しいな」

なにせ【リミットブレイク】のクールタイムは終わっていない。

前回の発動が今日の午前九時頃で、今が昼過ぎだから、まだ十八時間以上も残っている。

もしも新たな災厄が出現したら、討伐には皆の協力が必要になるだろう。

「……むう」

ふと、オクト王が唸り声をあげた。

「困ったぞ」

「何かあったのか？」

「余が話そうとしていた内容を、すべて言われてしまったではないか」

詳しく聞いてみると、オクト王としては『災厄はもともと別の世界に生息していた存在であること』『何者かにより災厄としての名前を与えられ、破壊と殺戮《さつりく》を使命としてこの世界に送り込まれたこと』を明かすつもりだったらしい。

だが俺がレティシアに話を振った結果、すべて先回りされてしまい……がっくりしているようだ。

「コウ殿には王都を守ってもらった恩があるというのに、あまり有益な情報を齎《もたら》せておらん気がするぞ……。余が教えられるのは戦神の居場所くらいだが、それもコウ殿なら自力で探し出せたのではないか……？」

「あっ！」

俺に抱えられたままのスララが声をあげた。

「マスターさんの【オートマッピング】なら……ぐむむむ」

俺は慌ててスララの口を塞《ふさ》いだ。

どうにか誤魔化せただろうか。

「推測するに【オートマッピング】とやらを使えば戦神の居場所が分かったのではないかな」

ダメだった。

さすが王様、察しがいい。

確かに【オートマッピング】の検索能力なら発見できたかもしれないが、そもそも俺には『戦神が実在して、王都にいる』という発想はなかった。

自分の脳内に存在しないものを検索することは不可能なので、オクト王の存在意義は大きい。

……そんなことを俺は必死になって説明した。

ここまで頑張って誰かにフォローを入れたのは、異世界に来てから初めてかもしれない。

だがその甲斐《かい》もあってか、オクト王は元気を取り戻しつつあった。

「余は、ここにいていいのだな……」

「もちろん」

俺は拍手する。

それにつられてアイリスやレティシアも手をパチパチと打ち鳴らした。

「わーい！　おうさま、おめでとう！　おめでとう！」

スララが明るい声で祝福する。

なんだこの空気。

内心で首を傾《かし》げていると、リリィが呟いた。

「とても強い神気を感じます。……たぶん、もうすぐです」


長い長い通路の向こうは、広大な空洞となっていた。

小さな村であればまるごと入ってしまいそうな印象がある。

その奥には大きな玉座が設けられ、鎧《よろい》を着た巨人の石像が腰掛けていた。

高さとしては二十メートルを超えているだろう。

目つきは鋭く、日本で言うところの仁王や阿修羅《あしゅら》のように厳《いか》めしい顔つきだ。

「あの石像は……？」

俺の問いかけに、オクト王が答えた。

「我が祖先、戦神だ」

「……間違いありません」

リリィがコクリと頷く。

「玉座に腰掛ける、鎧姿の巨人。……戦神教の伝承どおりの姿です」

「戦神は四千年前、災厄との戦いで深い傷を負った。以来、石像となってこの場所でずっと眠り続けておる。余の先祖たちはさまざまな薬や魔法を試したようだが、まったく効果はなかったらしい。コウ殿、貴殿の力で目覚めさせることはできんだろうか」

「そう言われてもな……」

俺の持っているスキルの中で、戦神を起こすのに役立ちそうなものはない。

アイテムはどうだろう。

戦神は怪我《けが》のせいで動けずにいる、と解釈するならあれが有効かもしれない。

ヒールポーション：熟練の薬師によって精製された最高級のヒールポーション。ヒールポーションの限界を極めた回復量と、ほどよい爽快感が調和した上質な味わい。
付与効果：《回復量増加Ｓ＋》《回復速度増加Ｓ＋》

以前、瀕死《ひんし》の重傷を負ったアイリスを一瞬にして全快させたわけだし、回復効果は抜群だ。

とりあえず試してみよう。

まずは準備として、俺は【アイテムボックス】からフライングポーションを取り出す。

一気に飲み干せば《風の加護Ｓ＋》が発動し、身体が宙に浮かび上がる。

風を操って、石像に近づいた。

その表面には無数のヒビが入っており、かなり痛ましいことになっている。

「よし、やるか」

俺はヒールポーションを取り出した。

水袋の封を開けると、上空から石像に振りかけていく。

ヒールポーションはスッと染み込むようにして石像に吸い込まれていく。

んん？

気のせいかもしれないが、石像の表面にあるヒビが減ったように思える。

もうちょっと試してみよう。

俺はヒールポーションをもうひとつ取り出すと、ヒビのあたりに重点的に振りかける。

おおっ。

みるみるうちにヒビが塞がっていく。

どうやら俺の判断は正解だったらしい。

このまま続けるとしよう。

――ヒールポーションを五袋使い切ったところで、すべてのヒビが消えてなくなった。

「ふう」

俺はひと仕事終えた達成感とともに、オクト王のところへ戻る。

「コウ殿、どうであったか」

「うまくいった……と思う」

断言はできない。

ただ、手応えはあった。

ほどなくして石像に変化が起こった。

「我が名は戦神ウォーデン……」

その瞳に銀色の光が宿ったかと思うと、荘厳な、低い声があたりに響き渡る。

「おはようございます。汝《なんじ》はよくぞ我を目覚めさせた」

……おいおい。

なんだか一瞬で威厳が吹き飛んだぞ。

口調というか言葉が変というか。

たとえるなら、検索サイトの自動翻訳にかけた文章を読み上げているような雰囲気だ。

「我の言葉は汝に伝わっているか」

「ああ。意味は通じているぞ」

「人族の言葉はとても難しい。調整には時間が必要だ」

ともあれ、と戦神は続ける。

「汝は我の傷を癒《いや》したので深く感謝される。汝という【転移者】は褒めてつかわされた」

言い回しは奇妙だが、どうやら礼を言っているらしい。

あと、俺が【転移者】であることも理解しているみたいだな。

……ん？

気づくと、俺以外の全員がその場に膝をついていた。

いったいどうしたのだろう。

「コウさんは、感じませんか」

リリィが震える声で呟く。

「これまでにないほどの神気です……！　立っていられないくらいの……！」

うーん。

全然、何も感じないな。

もしかすると【転移者】の状態異常無効によってブロックされているのかもしれない。

「我の神気を浴びても平然としている。汝は肚《はら》が据わっていると評価された」

戦神はどこか面白がるような調子でそう言った。

「【転移者】よ。汝は勇者か、賢者か、あるいは魔王か。我に語って聞かせることが必要だ」

「どれでもない。色々と複雑な経緯があったんだ」

俺はそう前置きしてから、この世界に転移する直前に起こった出来事について説明を始める。

始まりは、仕事帰りの電車の中だった。

居眠りをしていたら、突如として真っ黒な空間に飛ばされた。

勇者、賢者、魔王、どの役割を望むかと選択肢を提示され、すべてを拒否したところ【創造】をはじめとするチートスキルの数々を与えられ——

「気がつくと、俺はこの世界に召喚されていたんだ」

なお、所持スキルには、勇者、賢者、魔王それぞれに与えられるはずだった力も含まれている。

三つの力を併せ持ち、さらに複数のオマケが付いているわけだから、我ながら欲張りというか、豪華すぎるスキル構成だと思う。

「ぬぬぬ……」

俺の話を聞き終えると、戦神は困り果てたように唸り声をあげる。

「汝は、我の知る【転移者】と大きく異なる。我はとても混乱させられる」

「そうなのか？」

「勇者、賢者、魔王、その力はどれも人族には大きい。【転移者】に補助され、どうにか一つ宿せる」

言葉の調整が進みつつあるのか、戦神の口調はだんだんと滑らかなものになりつつあった。

「三つすべてを宿し、さらには失われたはずの【創造】を持つのは例外的だ」

戦神はとうとう頭を抱えてしまう。

その動作がやけに人間臭いものだから、俺はついつい吹き出しそうになる。

おっと。

今はシリアスな場面だからな。

ちゃんと自重しよう。

それに、戦神の話には気になるところがあった。

「『失われたはずの【創造】』って、どういうことなんだ？」

「確かに、それは語って聞かせるべきだ」

戦神は深く頷いた。

「だが、その前に神気を抑える。汝はともかく、汝の仲間や我が末裔は辛《つら》そうだ」

フッ、と。

わずかに肩のあたりが軽くなったような感覚があった。

今までは意識していなかったが、俺も多少は神気の影響を受けていたらしい。

「すごいプレッシャーだったわね……」

アイリスはホッと安堵《あんど》のため息をつきながら立ち上がる。

「コウ、よく立っていられたわね」

「さすがはコウ殿だな。【戦神の末裔】である余さえも圧倒されたというのに……。おっと」

オクト王は足元がおぼつかないらしく、立ち上がったはいいが、グラリと体勢を崩してしまう。

「マスターさん！　ぼくがたすけるよ！」

そう言って動いたのはスララだった。

オクト王が倒れ込むところに先回りし、まるい身体を大きく膨らませた。

ポヨン。

「まにあった！　ぼく、えらい！」

「おお……！　スララ殿、助かったぞ」

スララは見事、オクト王の身体を受け止めていた。

「ナイスキャッチだったな、スララ」

「ふふん！　マスターさんに褒めてもらったよ！　るららー♪」

スララは嬉《うれ》しそうに鼻歌を歌うと、身体を震わせた。

レティシアのほうを見れば、リリィが立ち上がるのに手を貸している。

「ありがとうございます。レティシアさん」

「礼には及びませんわ。当然のことをしたまでですもの」

そういえばレティシアって、わりとリリィのことを気にかけてるよな。

フォートポートでもよく一緒に行動していたはずだ。

レティシアにとってリリィが年下ということもあるだろうが、自然体で気遣っている姿を見ていると、なんだかちょっとほっこりするな。

俺がレティシアの弟の生まれ変わりかどうかは分からないが、日本にいたころ、ああいう明るい姉がいたら人生は変わっていたかもしれないな。

ともあれ、皆、無事なようでよかった。

それじゃあ戦神の話に耳を傾けるとしよう——。

第九話

黒幕の情報を手に入れてみた。

言葉の調整はおおむね完了したらしく、戦神の口調はかなり自然なものになっていた。

だが、それ以前の問題として――

戦神はかなりの説明下手だった。

「あれは三十六万年前、いや、一万四千年前だ。昨日のことのように思える。ユグドラシルの半分が消滅した。原因は災厄の根源で、重要な説明を今から行う。八十万年前、我はそれと交戦した。それが出現したのは百二十八万年前――」

時系列はグチャグチャだし、話は脱線に次ぐ脱線を繰り返す。

たぶん、全体の構成とかはまったく考えず、思いついた順番に喋《しゃべ》っているんだろうな。

おかげで皆は大混乱だ。

アイリスやリリィは話についていけずに目を回しているし、レティシアは途中までスケッチブックにメモを取っていたが、やがて手を止め、諦めたような表情で戦神を見上げていた。

オクト王に至ってはスララに寄りかかったまま居眠りしていた。

それでいいのか、【戦神の末裔《まつえい》】。

俺はどうなのかといえば、一応、最初から最後まできっちり聞いていた。

日本で会社員として働いていたころは、まとまりのない話を延々と続ける顧客もかなり多かったからな。

言葉の洪水から重要なポイントを抽出して、誰もが理解できる形に再構成する。

そういう作業は慣れっこだ。

さて、戦神の語った内容だが、あらためて振り返ってみると、かなり壮大だった。

本来なら理解するのにかなり時間がかかっただろう。

だが、幸いなことに俺が日本にいたころゲームやアニメで得た知識が役に立ってくれた。

というのも、戦神の話は北欧神話に似た部分が多く存在したからだ。

もともと『グラム』とか『フェンリル』とか、北欧神話っぽい単語があちこちに出ていたから、ある意味、予想どおりといえば予想どおりだ。

まず大前提として、この世界の外側にはユグドラシルと呼ばれる巨大な神樹があり、それぞれの枝葉の上に何百何千もの世界が存在するらしい。

ただ、俺の住んでいた世界はユグドラシルの上にはなく、まったく別次元の、特異な地点に存在している。

どこが特異なのかといえば、魔法やそれに類する力が存在しないことだ。

俺にとっては魔法がある世界というのは特殊に思えるが、神々の視点に立つと、魔法が存在することのほうが当然で、魔法がない世界なんて例外中の例外、本来ならば人間が生き延びることができないほど過酷な環境という認識になるらしい。

正直、ビックリだ。

そんな厳しい世界を生きている人間ならばさぞかし強いはずだ……ということで、古代文明の人々は『【転移者】召喚計画』なんてものを進めていたのだろう。

……というところで大前提の部分は終わりだ。

頭に置いておくべき事項としては、世界の外にはユグドラシルという巨大な神樹が広がっていること、そしてユグドラシルの上には複数の『魔法のある世界』が存在すること、の二つだろう。

なんというか、やたらと壮大な話だが――すべて過去のことだ。

ここからが本題になる。

現在、ユグドラシルは存在しない。

枝葉の上にあった世界も、俺たちのいるこの世界の他はすべて滅亡してしまった。

何が起こったのかといえば、戦神の記憶もちょっと曖昧なのでアテにならないが、およそ百二十八万年前に異次元から『ゾグラル』という怪物が現れたらしい。

ゾグラルはあらゆるものを吸収、同化する性質を持ち、ユグドラシルや枝葉の上にある世界を取り込もうとした。

もちろん、それぞれの世界を統べる神々や、そこに住む人々も必死に抵抗した。

しかしゾグラルの勢いを止めることはできず、ユグドラシルの生みの親である創造神さえも呑《の》み込まれてしまったとき、大勢は決した。

ゾグラルは創造神の力を得た結果、吸収したものを素材として災厄という配下を創造できるようになったからだ。

災厄によって無数の世界が滅び、ゾグラルに吸収されていった。

そうして最後に残ったのが俺たちのいるこの世界のようだ。

戦神が【創造】を失われた力と呼んだのは、その源泉である創造神エダがゾグラルに取り込まれてしまったからなのだろう。


他に戦神の話で重要な点としては、どうしてこの世界がまだ無事なのか、ということだ。

どうやら複数の神々が己の命を引き換えにして、この世界を強固な結界で覆ってくれたらしい。

ただ、結界が展開されたときにはすでにいくつかの災厄が入り込んでおり、それが黒竜や白竜だという。

災厄たちは一定周期で復活しては、この世界に死と破壊を齎《もたら》してきたようだ。

そのたびに戦神も目を覚まして災厄と戦っていたそうだが——

「我も限界が近い。四千年前の戦いで敗北したので、地下で眠りについた。汝《なんじ》のおかげで傷は癒えたが、もはや災厄に抗《あらが》えるほどではない」

ゆえに、と戦神は続ける。

「我は【戦神の巫女《みこ》】に、我の残る力を託す。それが最適解と判断された」


いきなり話題の矛先を向けられ、リリィは戸惑っているようだった。

「私、ですか……？」

「【戦神の巫女】は汝だ。他にいない。よって汝に力が譲渡される」

戦神はゆっくりと右手を動かし、リリィのほうに差し伸べた。

その身体から、パラパラと鎧《よろい》の破片が落ちる。

限界が近いというのは本当のことなのだろう。

口調がだんだんと不自然なものに戻りつつあるのも、その表れかもしれない。

「我の力を受け継ぐことにより、汝はユグドラシルの弓を完全に使いこなす。それは災厄に勝利する可能性を飛躍的に向上させるので、同意を推奨する」

「えっと……」

リリィは迷いの表情を浮かべて、俺のほうを見た。

一人では決断しかねているらしい。

俺はぽんぽんとリリィの頭を撫《な》でて声をかけた。

「不安なら、無理しなくていいからな」

「【転移者】よ。それは最適解ではないので推奨されない」

「無理に力を押しつけても、使いこなせるかどうかは分からない。それくらいのことだったら、俺が代わりに受け継ぐ。……そもそも、俺は戦神の後継者じゃないのか」

「唐突すぎるので、我は汝に理由の提示を求める」

「これだ」

俺は【アイテムボックス】から神聖なるギャラルホルンを取り出す。

以前、リリィはこれを見て俺が戦神の後継者かもしれない、と言っていた。

実際のところ、どうなんだろうな。

戦神の反応はというと、ハッ、と息を呑んでいた。

「ギャラルホルンはゾグラルに吸収され、我が勇ましき軍勢も失われた。なぜここにあるのか」

「【創造】で作ったんだ。ついでに言うと、軍勢も召喚できるぞ」

フォートポートでの海賊退治では、陸にいる別動隊を叩《たた》くため、四千年前に活躍したという『黎《れい》明《めい》の騎士団』を呼び出している。

そのことを話すと、戦神は驚嘆のため息を漏らした。

「【転移者】、汝の存在は条理を外れている。つまりは、すごくすごい」

すごくすごい。

……うーん。

褒められているのは理解できるんだが、ここまでの緊張がいきなり吹き飛んだな。

俺は若干の脱力感を覚えながら戦神に向かって言う。

「とりあえず、俺が戦神の力を受け継ぐ、ってことでいいか？」

「我は汝の提案を採用――」

と、戦神が頷《うなず》きかけたときだった。

「待ってください！」

リリィが、いつになく大きな声で叫んだ。

「力は私が受け継ぎます。……受け継がせてください」

「無理はしなくていいんだぞ」

「大丈夫です。私、できます。コウさんにばかり負担をかけるのは、嫌ですから」

「俺は大人で、リリィは子供だ。別に構わないさ」

「大人とか、子供とか、それ以前に、私たちは仲間です」

強い視線を俺に向けながらリリィが言う。

「マホロス島で火山を止めたとき、コウさん、眼《め》から血を流していました。緑竜を倒した後だって、本当はフラフラなのを隠してましたよね」

「それは……」

参ったな。

皆には弱ったところを見せないようにしていたつもりが、バレていたらしい。

「今だって、無理してませんか」

「……どうだろうな」

正直なところ、これについては自分でも分からない。

報告会を終えた直後は疲労のせいでかなり眠かったのだが、いざベッドに入ってみれば妙に神経が昂《たかぶ》って眠れず、そのままずっと起きている状態だ。

これは日本で会社員をやっていたときに聞いた話だが、人間はあまりに疲れすぎると神経が鈍り、自分が疲れていることが認識できなくなるらしい。

一種のランナーズ・ハイとも言えるだろう。

もしかすると、俺はその状態にあるのかもしれない。

「ねえコウ」

アイリスが声をかけてくる。

「あたしも、今回はリリィちゃんの意見に賛成よ。コウばかり無理をしているのは、やっぱり辛《つら》いもの」

「リリィおねえちゃんは、マスターさんの力になりたいんだね」

スララが、うんうん、と頷く。

「マスターさん。リリィおねえちゃんのお願い、聞いてあげてほしいよ」

「三人の意見は分かった。……ひとつ、確認させてくれ」

俺は頷くと、戦神に向かって問いかけた。

「力を受け継いだからといって、リリィの身に危険はないよな」

「【戦神の巫女】は神の力を受け取る器としての機能を持つ。安全は極めて強く保証される」

要するに、大丈夫、ってことか。

「……分かった」

俺はその場に膝をつき、リリィと視線を合わせて話す。

「ここはリリィに任せる。けれど、無理はするなよ」

「コウさんが言っても説得力ないです」

リリィはふっと口元を緩め、微《かす》かに微笑《ほほえ》みながら言った。

「いつも無理ばっかりしてますよね」

「……まあ、そうだな」

俺としても自覚があるので、言い返すことはできなかった。

「ほほう」

いつのまにやら居眠りから目を覚ましていたオクト王が興味深そうに声をあげた。

「《竜殺し》の英雄であるコウ殿にも、勝てん相手がおるのだな。泣く子には勝てぬ、とはよく言ったものだ」

「私、泣いてないです」

「くはははっ、言葉の綾《あや》だ」

オクト王は愉快そうに笑った。

この人、今日会ったばかりなのに昔からの仲間みたいに溶け込んでいるよな。

あるいはそれも王としての人徳なのかもしれない。


というわけで話し合いの結果、戦神の力を継承するのはリリィということになった。

ユグドラシルの弓の調整も同時に行うそうなので、ひとまず戦神に預けておく。

「継承と調整には時間を必要とする。およそ二年だ」

「長すぎないか？」

「我は訂正を行う。二時間ほどで終わる」

それだったら納得できるが、言い間違いにしては随分と豪快だな。

戦神は何万年もの時間を生きているわけだから、そんな存在にとっては二年も二時間も同じように感じられるのかもしれない。

まあ、二時間だったらそう長くないし、終わるまでここで待っていようか。

リリィに何かあったら心配だしな。

俺としてはそう思っていたのだが——

「リリィちゃんにはあたしが付き添うから大丈夫よ。任せて」

「ぼくもリリィおねえちゃんを見守るよ！　マスターさんはお部屋で休んでほしいな！」

「コウさん。私は大丈夫ですから、自分の身体を大切にしてください」

アイリス、スララ、そしてリリィの三名が揃《そろ》って反対するので、意地を張らずにおとなしく部屋に帰ることにした。

オクト王、そしてレティシアも一緒だ。

「コウ殿は仲間から大切に思われておるのだな。うむ、よいものを見せてもらったぞ」

「……素晴らしいことですわね」

んん？

満足そうに頷いているオクト王はさておき、なんだかレティシアの様子がおかしい。

どこか元気がないような……。

戦神の話の後から明らかに口数が少なくなっていたし、ちょっと心配だ。

地上への帰還は一瞬だった。

戦神が転移魔法のようなものを使って、ベンチのところに送り届けてくれたのだ。

さっきまで薄暗い地下にいたせいか、青空と太陽がやけに眩《まぶ》しく感じられる。

オクト王は城に戻るとのことで、その場を去っていった。

後に残ったのは俺と、どこか暗い表情のレティシアだった。

「……コウ様は先に迎賓館に戻ってくださいまし」

「レティシアはどうするんだ？」

「わたくし、一人で考えたいことがありますの。そっとしておいていただけると幸いですわ」

どこか突き放すように答えると、レティシアは俺に背を向け、足早にその場を立ち去ってしまう。

……やっぱり、変だよな。

普段の明るい彼女とはまるで別人のようだ。

放っておいたらマズいんじゃないか？

どうにも嫌な予感がして、俺は後を追いかけることにした。

「レティシア、待ってくれ」

「待ちませんわ。放っておいてくださいまし」

「悩み事があるんじゃないのか」

「気のせい、あるいは目の錯覚ですわね」

「いや、目は関係ないだろ」

俺はそう答えて右手を伸ばした。

指先がレティシアの左腕に触れた——その瞬間のことだった。

「わたくしのことは、放っておいてくださいまし」

レティシアは両足に青い流星の輝きを纏《まと》わせると、大きく跳躍してその場から姿を消した。

「おいおい」

災厄としての身体能力を開放してまで逃げるなんて、ここまでされると対抗心が湧き上がってくるというか……追いかけたくなるじゃないか。

俺は【オートマッピング】を起動した。

「レティシアの居場所を検索、追跡してくれ」

目の前に半透明のウィンドウが浮かび、周辺一帯の地図が表示される。

地図上では青色の光点がピカピカと輝いている。

場所は意外に近くだった。

「迎賓館の屋上か」

とりあえず行ってみよう。

幸い、この場所からは屋上の縁が見える。

つまりは【短距離ワープ】で移動できるということだ。

これは暴食竜から奪い取った【空間操作】の応用で、視界内の場所なら一瞬で移動できる。

問題は魔力の消費量だが、以前よりもレベルアップしているおかげでギリギリ足りそうだ。

「よし」

俺は意識を集中させて【短距離ワープ】を発動させる。

ふわり、と身体が浮かぶ感覚がしたかと思うと、視界がグニャリと歪《ゆが》む。

そして俺は屋上の縁に立っていた。

内側に降り立つと、すぐ近くにレティシアの姿があった。

「……追いつくのが早くありませんこと？」

さすがにこの展開は彼女にとって予想外だったのだろう。

目を丸くして、呆気《あっけ》に取られたような表情を浮かべていた。

俺は、してやったり、と内心で笑みを浮かべながら声をかける。

「その口ぶりからすると、追いかけてくることは予想していたんだな」

「先ほどは反射的に逃げてしまいましたけれど、冷静に考えれば、コウ様を振り切ることは不可能ですもの。そうでしょう？」

「まあ、な」

もしもレティシアが全速力で逃走していたなら、俺は【オートマッピング】で位置を確認しつつ、追跡を続けていただろう。

フェンリルコートの付与効果である《神速の加護ＥＸ》を使えば先回りをすることも十分に可能だし、足止めの手段としてはバスタード・ガントレットの《黒蜘蛛《くも》の糸ＥＸ》がある。他にもスキルやアイテムは色々とあるし、それらを駆使して、最終的にはレティシアを捕まえていたはずだ。

「まったく、コウ様には敵《かな》いませんわね」

レティシアは苦笑すると、観念したように肩をすくめた。

屋上に吹く穏やかな風が、彼女の長い金髪をふわりと持ち上げる。

「先ほどの態度は少しばかり失礼でしたわね。謝罪いたしますわ」

「心に余裕がないときは誰だって同じようなもんだ。気にすることじゃないさ」

俺はそう声をかけながら、レティシアの横に並んだ。

「悩んでいる原因は、ゾグラルの話か？」

「……よく分かりましたわね」

「話の前後で明らかに態度が変わったからな」

「戦神は言ってましたわね。ゾグラルは創造神の力を得た結果、吸収したものを素材として災厄という配下を創造できるようになった、と。つまり、以前のわたくしは――」

「ゾグラルに負けて、取り込まれたんだろうな」

そして災厄のひとつ『赫奕《かくやく》たる傲慢竜《ごうまんりゅう》』として作り直された。

彼女の記憶が曖昧なのは、そのときの影響なのかもしれない。

「ゾグラルの話を聞いたときに、思い出しましたの」

レティシアは遠い目つきで空を見上げながら呟《つぶや》いた。

「わたくしと弟は、ある世界を守護する一対の姉弟竜でしたわ。……あの日、いきなり空が三日月の形に裂けたかと思ったら、巨大な紫色の泡が滲《にじ》むように這《は》い出してきましたの」

「その泡がゾグラルなのか？」

「……ええ、おそらくは」

レティシアは頷く。

その横顔はどこか蒼褪《あおざ》めていた。

無理もないだろう。

なにせ、自分が殺されたときのことを思い出しているのだから。

「紫色の泡は、周囲のものを見境なく取り込んでいきましたわ。人も、魔物も、街も、自然も、いっさいの区別なく、すべて。わたくしたち姉弟は必死に抵抗しましたけれど――」

「駄目だったのか」

「ええ。わたくしも、弟も、泡に呑まれてしまいましたわ。……自分の身体が少しずつ溶かされていく感覚は、あまり思い出したいものではありませんわね」

レティシアは目を伏せると、首を横に振った。

肩が小さく震えている。

当時のことを振り返ったせいで恐怖が蘇《よみがえ》ったのかもしれない。

「『赫奕たる傲慢竜』として作り直されたはずのわたくしが人族に生まれ変わった理由も、この世界を滅ぼすという本来の役割から解放されている理由も分かりません。……ですが、ゾグラルがどれだけ恐ろしい存在なのかは理解していますわ」

レティシアは、その瞳に明確な怯《おび》えの色を浮かべて呟いた。

「あれは魔物どころか災厄でさえ足元に及ばないほどの脅威、文字どおり、次元の異なる存在ですわ。思考も感情もなく、あらゆるものを取り込んでいく一種の現象――『滅亡』という概念そのものと考えるべきかもしれません」

ひとまず、ここまでの情報を整理しよう。

どうやらこの世界は、災厄なんてちっぽけに思えるほどの脅威に晒《さら》されているらしい。

脅威の名は、ゾグラル。

この世界で耳にする固有名詞は、たとえばユグドラシルが代表的だが、北欧神話に関係するものが多く含まれている。

じゃあ『ゾグラル』はどうなんだといえば、そんな名前は一度も出てこなかったはずだ。

まあ、俺が知らないだけという可能性もあるが、語感からして北欧神話らしくない。

名は体を表すというが、まさにこの『北欧神話らしからぬ名前』こそ、ゾグラルが完全な異次元の存在であることの証拠なのかもしれない。

レティシアの話によれば、ゾグラルは紫色の巨大な泡であり、あらゆるものを見境なく吸収する性質を持っている。

この世界は今のところ強固な結界によってゾグラルの侵入を防いでいる。

俺としては、自分が生きている間くらいは何事もなく過ぎてほしいところだが、世の中というのは悪い方向に転びがちなものだし、ゾグラルが攻め込んできた場合の対策は考えておくべきだろう。

しかし、どうしたものかな。

アニメやマンガだったら、吸収能力を持つ敵にはその限界以上のエネルギーを吸収させることで自滅にもっていくのが定番の攻略法なんだが、ゾグラルにそれは有効なのだろうか。

相手はすでに何千個という世界を取り込んでいるわけだし、吸収量に限界があるとは思えない。

そんな怪物、どうやって倒せばいいんだろうな。

俺としては匙《さじ》を投げたくなる話だし、レティシアの場合はすでに一度ゾグラルと戦って敗れているわけだから、絶望感は殊更《ことさら》に大きいはずだ。弱気になるのも当然だろう。

ただ――

希望を捨てるのは、まだ早いかもしれない。

というのも、ゾグラルの力にはところどころ綻《ほころ》びがあるからだ。

たとえば、レティシアの存在だ。

彼女は世界を滅ぼす災厄として作り直されたはずなのに、その役割をまったく果たしていない。

俺が【創造】を持つことだって不自然といえば不自然だ。

戦神が言っていたように、創造神の力はゾグラルのものになったはずだしな。

そもそも【転移者】というのは勇者、賢者、魔王、いずれか一つの力しか持たないらしい。

けれども俺は三つの力を併せ持ち、さらには【創造】や【器用の極意】など、さまざまなチートスキルを保有している。

自分で言うのも変な話かもしれないが、あまりにもイレギュラーな存在だ。

だからこそ、ゾグラルという条理を外れた怪物へのカウンターになるかもしれない……というのは妄想が過ぎるだろうか。

俺の力は、今も成長を続けている。

レベルアップは上限に達していないし、最近では【ブレイクスマッシュ】というスキルが追加された。

このまま地道に研鑽《けんさん》を積んでいけば、いずれゾグラルに立ち向かえるだけの力が手に入るんじゃないか？

　漠然だが、そんな予感があった。

「……確かに、ありえる話ですわね」

　俺の推測を聞いて、レティシアは深く頷いた。

「そもそも現状としては、コウ様の成長に賭ける以外に選択肢がない、とも言えますわね」

「かなり不確定だけどな」

「けれど、希望がないよりはずっとマシですわ」

　レティシアが、ふっ、と口元に笑みを浮かべる。

　先ほどに比べると表情も明るいものになっていた。

　少しでも気が楽になったなら、俺も話をした甲斐《かい》があるというものだ。

「ただ、コウ様の存在がゾグラルへのカウンターになりうるとすれば」

　レティシアは口元に右手を当て、考え込みながら呟く。

「ひとつ、心配なことがありますわ」

「と、いうと？」

「相手が先手を打ってくる可能性ですわ。将来的な脅威を取り除くために、今のうちにコウ様を叩き潰《つぶ》そうとする事態も考えておくべきでしょう」

「ありうるな」

もしも俺がゾグラルなら、確実にそうするだろう。

たとえば……


「複数の災厄を一度にぶつけてくるかもな」

「複数の災厄を一度にぶつけてくるかもしれませんわね」


俺とレティシアは、ほぼ同じタイミングで、ほぼ同じ懸念を口にしていた。

その直後だった。

青空が、突如としてドロリと濁った暗赤色に塗り替わった。

まるで世界そのものが血を流しているような、あまりに不吉な色合いだった。

明らかな異常現象だが、こういう場合、パッと思いつく原因は一つしかない。

「災厄か？」

「探ってみますわ。しばしお待ちくださいませ」

レティシアはそう呟くと両眼を閉じ、左右の手を胸の前で組んだ。

まるで祈りを捧《ささ》げるような姿勢だ。

全身がうっすらと青白い光に包まれる。

その輝きは、夜空の星々のように澄んだ美しさを放っていた。

「……なかなか厳しい状況ですわね」

レティシアはかたちのよい眉をひそめて呟く。

「西を除いて東、南、北に一匹ずつ。合計で三匹ですわ」

「災厄か？」

「ええ。……いえ、ただの災厄は一匹だけですわ」

ただの災厄？

なんだか奇妙な表現だな。

「じゃあ、残りの二匹はただの災厄じゃないってことか？」

俺の問いかけに対して、レティシアは重々しい口調で答えた。

「他の二匹は、憤怒竜と色欲竜。

――災厄は災厄でも、大災厄に分類されるものですわ」

第十話　さらに、災厄と戦ってみた。

大災厄とは『災厄を超えた災厄』とも呼ばれる存在であり、それぞれが固有能力という常識外のパワーを備えている。

たとえば俺がスリエで戦った『虚《うつ》ろなる暴食竜』は【空間操作】という固有能力を持っており、物理法則を超越した力には随分と苦しめられたものだ。

突如として別の場所にワープしたり、半透明になって攻撃を避《よ》けたり、さらには空間そのものを拘束することでこちらの動きを阻害したり、常識というものがまったく通用せず、災厄殺しの矢がなければ討伐は不可能だっただろう。

ちなみにレティシアは『赫奕《かくやく》たる傲慢竜《ごうまんりゅう》』の生まれ変わりだが、こちらも大災厄にあたる。

それはさておき――

敵は災厄が一匹に、大災厄が二匹。

かなり危機的な状況だ。

災厄のほうはともかく、大災厄が同時に二匹も現れるのはキツすぎる。

レティシアが推測していたように、ゾグラルは俺という将来的な脅威を取り除くため、動かせるコマをすべて掻《か》き集めてきたのかもしれない。

どうする――なんて悠長に考えている暇はない。

俺は【アイテムボックス】を開くと、戦闘用の装備を選択する。

アーマード・ベア・アーマーに、フェンリルコート、そしてバスタード・ガントレット。

今日までの激戦を一緒に乗り越えてきた、相棒というべき装備品たちが身体を包んだ。

さらに今回は追加装備として、昼前に【創造】したアイテムを取り出しておく。

三帝竜の腕輪だ。

右の手首に嵌《は》めると《三帝の後継者ＥＸ》が発動した。

この瞬間、俺は炎、氷、風の三属性を自在に操る魔法使いになる。

「コウ様」

ふと、レティシアが声をかけてくる。

「あれを見てくださいまし」

彼女が指さしたのは、俺たちから少し離れた地点だった。

見れば、屋上の床に小さな魔法陣が浮かんでいる。

パッと光が弾《はじ》けたかと思うと、アイリスが転移してくる。

「コウ、大変よ！　……って、その様子だと、敵が来たことは知っているみたいね」

「ああ。空がこの様子だからな。レティシアに探ってもらったんだ」

今の口ぶりから推測するに、アイリスも状況は把握しているようだ。

話を聞いてみると、戦神のほうでも災厄や大災厄の気配を察知し、その対応のためにアイリスを地上に送ったらしい。

「リリィちゃんへの力の継承は順調よ。けど、まだ時間がかかるみたい」

「分かった。ひとまず、俺たち三人で対処する必要があるってことだな」

俺はそう言いながら【アイテムボックス】からフライングポーションを取り出す。

俺が飲む分はもちろんだが、アイリスとレティシアにも渡した。

「今回は敵が多い。柔軟に動く必要があるから、二人も飲んでおいてくれ」

「ありがとう。いただくわね」

「ふふっ、空を飛ぶなんて前世ぶりですわね」

俺たち三人はほぼ同時に封を開けると、水袋を掲げて乾杯の仕草をした。

事前に示し合わせていたわけじゃないが、考えることは同じだったらしい。

互いに苦笑しつつ、フライングポーションを飲み干す。

足元で風が渦巻いた。

身体がふわりと浮き上がる。

アイリスは以前にフライングポーションを飲んだことがあるおかげか、すぐに姿勢を安定させることができた。

レティシアはどうだろうか。

「要領は掴《つか》みましたわ。こうですわね」

さすが前世が竜だけあってか（？）、さほど苦労せずにコツを掴んでいた。

これなら大丈夫そうだな。

「まずは高度を上げて視界を確保する。ついてきてくれ」

俺は二人にそう告げると、一気に上昇した。

空は相変わらず、禍々《まがまが》しいまでの暗赤色に染まっている。

やがて王都の全体を見渡せるほどの高度に達したところで、俺は動きを止めた。

ぐるりと周囲を時計回りに見渡す。

北から西にかけては山と森が、東には平原が、そして南には海が広がっている。

北と南にはそれぞれ半透明のシャボン玉のような球体が浮かんでいた。

以前、暴食竜が出現したときも最初はあんな姿だったよな。

「あの二つが大災厄か？」

「ええ、おそらくは」

数秒遅れで追いついてきたレティシアが俺の右に並ぶ。

アイリスはその反対側、左にやってきた。

「東にいるのは普通の災厄かしら」

「だろうな」

俺は東の平原に視線を向ける。

その上空には黄土色の大きな球体が浮かんでいた。

「コウ、どうする？」

「まずは数を減らそう」

俺は【アイテムボックス】から二振りのグラムを取り出すと、左右の手に握った。

左手がオリジナル、右手が【アイテム複製】で生み出したコピーだ。

区別のため、今後は『グラム・オリジン』と『グラム・イミテイト』と呼ぶことにしよう。

それぞれの剣に魔力を注ぎながら、俺は言葉を続ける。

「俺とレティシアで東のヤツを叩《たた》く。アイリスはここから《絶対凍結ＥＸ》で援護射撃してくれ。

もし大災厄が王都を狙ってきた場合は――」

「結界で防御すればいいのよね」

「ああ、頼む」

「任せて」

アイリスは頷《うなず》くと、右腕を小さく掲げた。

俺も同じように右腕を上げると、トン、と軽くぶつけ合う。

気持ちが繋《つな》がった。

そんな確信があった。

これ以上の言葉はいらない。

アイリスならうまくやってくれるはずだ。

「レティシア、行くぞ」

「ふふっ。こんなときでも見せつけてくれますのね」

「何のことだ？」

「お気になさらず。わたくしは壁や床のようなものですから」

相変わらず、発言の意味がよく分からないが……まあいい。

今は目の前のことに集中しよう。

俺は風を操って加速すると、東へと進路を取った。

その矢先のことだ。

――ドクン、ドクン。

平原に浮かぶ黄土色の球体が震え始めた。

どうやら復活が近いようだ。

もちろん、卵から出てくるのを悠長に待つ気はない。

「レティシア。【墜星《ついせい》】は撃てるか」

「さっきの会話のあいだに準備を終えていますわ。いつでもいけましてよ」

答えながらレティシアは右手を高く挙げる。

その手首から光の鎖が飛び出し、天空に現れた魔法陣へと吸い込まれる。

「よし、やってくれ」

「承知しましたわ。――天より来たれ、【墜星】」

レティシアの右腕が振り下ろされた。

光の鎖が引っ張られ、魔法陣の向こうから隕石《いんせき》が落下してくる。

大気との摩擦熱により、表面が赤く燃え上がっていた。

隕石は激烈な速度を保ったまま、黄土色の球体へと激突する。

轟音《ごうおん》が弾け、烈風が吹き荒れた。

衝撃によって隕石も球体も粉々に砕け散り、周辺には濛々《もうもう》と砂煙が立ち込める。

もちろん、これで倒せたとは思っていない。

【オートマッピング】を発動させれば、青白いウィンドウに周辺の地図が描かれ、災厄の存在を示す赤い光点が見えた。

砂塵《さじん》に閉ざされた視界の代わりに、ウィンドウの表示を頼りにして方角を調整し、俺は二刀をクロスさせるように振り下ろした。

「はああああああああああああっ！」

《戦神の斬撃S＋》を左右、同時に発動させる。

光の激流がXの形で放出され、周囲に立ち込める砂塵を吹き飛ばす。

その向こうには黄土色の鱗《うろこ》を持つ竜の姿が見え――一瞬のうちに光の激流に呑《の》み込まれる。

「グウウウウウウウオオオオオオオオッ!?」

目が眩《くら》むほどの輝きの向こうから、苦悶の絶叫が響いた。

やがて光が過ぎ去った後、そこに見えたのは両翼を失い、墜落していく竜の姿だった。

俺は両手の剣に魔力を注いで再び《戦神の斬撃Ｓ＋》の準備を行いながら【鑑定】を発動させる。

破震の黄竜：四千年に一度だけ現れる災厄の竜。大地を泳ぎ、あらゆる生命と文明を土の中へと引きずり込む。


これまでに出現した三匹の災厄——黒竜、白竜、緑竜は、ＲＰＧでたとえるなら炎属性、氷属性、風属性に当てはまる存在だった。

四匹目の災厄にあたる黄竜が大地に関係する力を持つのは、予想どおりといえば予想どおりだ。

ただ、地面を泳ぐというのは厄介だ。

翼を失った状態でそれが可能なのかは分からないが、早めに仕留めてしまいたい。

特に、今は王都の地下でリリィが戦神の力を受け継いでいる最中だからな。

横槍《よこやり》を入れさせるわけにはいかない。

「レティシア、追撃を頼む！」

「すでに始めてますわ！　ご安心くださいまし！」

その言葉に嘘《うそ》はなかった。

天空に広がった魔法陣から、第二の巨大隕石が落下を始めていた。

向かう先はもちろん黄竜だ。

このまま一気に押し切りたいところだが——敵もそこまで甘くはなかった。

突如として、南のほうから大量の黒い影が押し寄せてくる。

それは全長一メートルほどの小さな竜の群れだった。

竜たちは次々に隕石に取り付くと、全身を発光させ――爆発を起こす。

ひとつひとつの爆発は決して大きなものではないが、その数が尋常ではない。

百、二百、三百――いや、数千匹を超えている。

小型の竜たちの自爆戦術によって、隕石は三秒もしないうちに粉々になっていた。

予想外の事態において重要となるのは情報だ。

俺はすぐさま小型の竜たちに対して【鑑定】を発動させる。

無尽なる色欲竜：この世界の〝外側〟から飛来した大災厄の竜。あらゆる生命にとっての天敵である。能動的な攻撃手段は魔力を暴走させての自爆のみ。一つの意識を共有する群体であり、知性は低いが一匹でも残っているかぎりは分裂によって無限に数を増やしていく。

無限に増えるだって？

説明文のとおりなら、かなり厄介な敵だ。

そして実際、自爆戦術を取らなかった残りの色欲竜たちはブルブルと身体を震わせながら分裂を始めていた。

「……何が起こっていますの」

レティシアが隣に来て問いかけてくる。

俺は手短に【鑑定】の内容を伝えた。

ついでに【オートマッピング】を確認すると、王都の南側にあった赤色の光点が消えている。

そいつが色欲竜だったのだろう。

「ここは手分けしたほうがよさそうですわね」

レティシアはすぐにそう提案した。

「わたくしが色欲竜を足止めしますわ。よろしければ、コウ様のバスタード・ガントレットを貸してくださいまし」

「使い方は分かるか？」

「わたくしには【支配】がありますもの」

なるほどな。

レティシアの固有能力のひとつ、【支配】は傲慢竜の因子を浸透させることにより、生物、無生物を問わず思いどおりに操ることができる。

使い方によっては【器用の極意】の代替として運用することも可能だ。

バスタード・ガントレットはブラックスパイダーとホワイトスコーピオンを素材に作られており、クモ糸を撃ち出すほか、稲妻を放出して広範囲を攻撃することが可能だ。

群体であり、空を飛ぶ色欲竜への対応策としては最適だろう。

俺はバスタード・ガントレットをレティシアに渡すと、高度を下げて黄竜のほうへ向かった。

黄竜はすでに地面に激突した後で、そのダメージによってぐったりと倒れ伏していた。

ピクリとも動かない。

死んでいるのだろうか。

いや、違うな。

討伐できたのなら、死体は【自動回収】によって【アイテムボックス】に格納されるはずだ。

「死んだふり、ってことか？」

なかなか姑息《こそく》なことをやってくれる。

俺は右手のグラム・イミテイトを振り下ろして《戦神の斬撃Ｓ＋》を発動させた。

大剣から銀色の光が放出され、黄竜を呑み込もうとする。

そのときだった。

「ガアッ！」

黄竜がカッと両眼《め》を開く。

直後、周囲の地面がまるで水のように波打ったかと思うと、その中へと巨体が沈んでしまったのだ。

【鑑定】の説明文にも書いてあるように、大地を泳ぐ力を発動させたのだろう。

黄竜は俺と戦うことを諦めたのか、地面を掘り進みながら王都の方角へ向かう。

「悪いが、それは想定済みだ」

俺は《神速の加護ＥＸ》を発動させた。

一瞬のうちに黄竜を追い抜き、進行方向に先回りする。

右手のグラム・イミテイトを【アイテムボックス】に戻すと、その代わりにヒキノの椅子を取り出した。

「――【ブレイクスマッシュ】」

それは【創造】で生み出した武器にさらなる付与効果を追加し、性能を強制的に引き上げるスキルだ。

ヒキノの椅子に追加された付与効果は《激震の一撃ＥＸ》という。

地面に叩きつけることで激烈な振動を起こし、周囲の敵を昏倒《こんとう》させる。

地中にいる黄竜になら効果抜群だろう。

「せぇりゃあああああああああっ！」

俺は左手のグラム・オリジンをいったん空中高く放り投げると、両手でヒキノの椅子を掴んで地面に思いっきり叩きつけた。

【ブレイクスマッシュ】の代償として椅子は砕け散り、そのまま光の粒子となって消えてしまう。

ただ、その分、威力はかなりのものだった。

大地が激しく揺れ、叩きつけた場所を中心として周囲の地面が砕け、陥没した。

その衝撃によって黄竜は大きく弾き飛ばされ、空中へと放り出されていた。

「グゥアアアアアアアアアアッ！」

絶叫が響く。

さすが災厄だけあって気絶こそしていないようだが、かなりのダメージを受けているようだった。

ちょうどそのタイミングで、王都のほうから青色の閃光《せんこう》が放たれた。

光は黄竜に直撃し、あっというまに全身を氷漬けにしてしまう。

おそらくフィンブルの《絶対凍結ＥＸ》だろう。

王都に残ったアイリスが後方から援護射撃をしてくれたらしい。

ナイスタイミングだ。

俺はちょうど目の前に落ちてきたグラム・オリジンをキャッチすると、両手で握り直す。

「――トドメだ」

剣を振り下ろす。

銀色の斬撃が放たれ、黄竜を真っ二つに斬り裂いた。

まずは一匹。

死骸はすぐさま【自動回収】によってアイテムボックスに格納される。

ここで一息入れたいところだが、残念ながらそうはいかなかった。

王都の北側――険しい山々の上に浮かぶ半透明の球体が弾け、二匹目の大災厄が出現したからだ。

「ＧＵＡＡＡＡＡＡＡＡＡＡＡＡＡＡＡＡＡＡＡＡＡＡＡＡＡＡＡＡＡＡＡＡＡＡＡＡッ！」

それは二足歩行の巨大な竜だった。

全身は赤熱し、そして燃え滾《たぎ》っていた。

鱗と鱗のあいだからは絶え間なく炎が漏れ出している。

まるで火炎地獄を無理に『竜』の形に押し込めたような印象だ。

背中に翼はなく、代わりに両肩から突起物のような器官が伸びていた。

サイズは、これまでに戦ってきた相手の中で最も大きい。

身長は百メートルどころか、二百メートルに達しているだろう。

見た目から推測するに、憤怒の竜だろうか。

俺は【鑑定】を発動させる。

燦然《さんぜん》たる憤怒竜：この世界の〝外側〟から飛来した大災厄の竜。あらゆる生命にとっての天敵である。とある世界での『地獄』という概念を素材として、ゾグラルが竜の形に創造したもの。

概念を素材にした……？

正直、ちょっと意味が分からない。

とはいえ憤怒竜の炎に包まれた姿は『竜の形をした地獄』と言われれば納得できそうな印象を漂わせている。

「ＧＵＯＯＯＯＯＯＯＯＯＯＯＯＯＯＯＯッ！」

憤怒竜は雄叫《おたけ》びをあげると、王都へと進撃を始めた。

歩くたびにズン……！　ズン……！　と大きく地響きが鳴り、砂煙が巻き上がる。

それだけではない。

両肩の突起がグニャリと曲がり、その先端を王都に向けた。

「……っ！」

俺は息を呑んだ。

背筋を、嫌な感覚が走り抜けたからだ。

ボンヤリしている場合じゃない。

俺はすぐさま風を操って憤怒竜のほうへと向かった。

もちろんグラム・オリジンに魔力を注ぎ込むのは忘れない。

直後、憤怒竜の両肩の突起が赤く発光したかと思うと、先端部から猛烈な勢いで火炎弾が発射された。

火炎弾のサイズは、おそらく直径十メートルを超えている。

もはや小型の隕石と言ってもいい。

それがマシンガンのように目にも止まらぬ勢いで次々と王都へと撃ち込まれた。

本来ならば街は火の海となり、多くの人が焼け死んでいただろう。

だが、火炎弾が街に到達する寸前、銀色の光の壁が街を覆っていた。

アイリスが《真・竜神結界ＥＸ》を発動させたのだろう。

結界のおかげで火炎弾は完全に防御され、王都への被害はゼロに抑えられていた。

彼女を後方に残しておいて本当によかった。

この判断を下した、戦いが始まる直前の俺を褒めてやりたい。

そうしているうちに《戦神の斬撃Ｓ＋》がフルチャージとなる。

「――行くぞ」

俺は両手でグラム・オリジンを構え直すと、全身全霊を注いで振り下ろした。

銀色の刃《やいば》から放たれた光の激流は憤怒竜の左腕をまるごと呑み込んで消滅させた。

片腕を失った憤怒竜の身体が、グラリ、と傾く。

意外だな。

俺自身が成長しているためもあるだろうが、相手は大災厄だ。

たった一撃でここまで大きなダメージを与えられるとは思っていなかった。

……ん？

「ＧＵＡＡＡＡＡＡＡＡＡＡＡＡッ！」

憤怒竜が咆哮《ほうこう》する。

それは痛みによる絶叫ではなかった。

自らを奮い立たせるための雄叫びのような響きだった。

同時に、予想外の事態が起こった。

左腕の切断面から炎が噴き出したかと思うと、表面が鱗に包まれ、数秒のうちに再生を果たしていたのだ。

それだけではない。

左腕の肘から先は、まるで剣のような形状に変化していた。

「グラムをまねているのか？」

俺は思考を巡らせつつ、次の《戦神の斬撃Ｓ＋》のチャージを始めようとする。

その矢先、憤怒竜の視線がこちらを向いた。

「ＧＡＡＡＡＡＡＡＡＡＡＡＡＡッ！」

左腕から伸びる剣が銀色の輝きを帯びる。

……まさか。

予感は的中する。

憤怒竜が左腕を振り下ろした。

まるで超新星の爆発のような輝きとともに、光の斬撃が放たれる。

「くっ……！」

俺は咄嗟《とっさ》に《神速の加護ＥＸ》を発動させて、憤怒竜の斬撃を回避した。

ギリギリだった。

コンマ数秒でも判断が遅れていれば、最悪、あの光によって消し飛ばされていたかもしれない。

ほどなくして脳内に【フルアシスト】の無機質な声が響く。


憤怒竜の固有能力について解析が完了しました。

【完全報復】と推定されます。


いったいどんな能力なんだ？

俺の疑問に答えるように情報が流れ込んでくる。

現在の【フルアシスト】はセーフモードのままだが、それでも必要な機能はしっかり生きているらしい。

【完全報復】の効果だが、どうやら憤怒竜は自分が受けた攻撃を学習し、それを増幅する形で再現するようだ。

「増幅だって？」

俺の場合、《戦神の斬撃Ｓ＋》はフルチャージに多少の時間がかかる。

全力の攻撃を連続しては行えない。

だが『増幅して再現する』力を持つ憤怒竜はその短所を克服しているらしく——

「ＧＵＯＯＯＯＯＯＯＯＯＯＯ！」

まずい！

憤怒竜はすでに次の攻撃に移っていた。

左腕の刃を振り下ろそうとして——しかし、その動きが途中で止まる。

何が起こったんだ？

直後、頭上からレティシアの声が聞こえた。

「コウ様、少し手伝ってくださいまし！」

彼女は色欲竜の大群に追われながら、俺のほうへと向かってくる。

……なるほどな。

憤怒竜が攻撃を中止したのは、その射線上に色欲竜が入ってきたからだろう。

正直、助かった。

レティシアには感謝だな。

憤怒竜は俺への攻撃を諦めたらしく、火炎弾による王都への集中砲火を再開する。

あちらにはアイリスの《真・竜神結界ＥＸ》がある。

まだしばらくは耐えてくれるはずだ。

「……信用してるぞ。アイリス」

本音を言えばすぐにでも王都に飛んでいきたいが、今は感情にまかせて動いていい場面じゃない。

俺は風を操って高度を上げると、色欲竜の群れから逃げ回るレティシアの右横に並んだ。

「レティシア、大丈夫か」

「ええ、ご心配なく。コウ様のほうは黄竜を倒したみたいですわね。さすがですわ」

「色欲竜を引きつけてくれたおかげだ。ありがとうな」

「可愛《かわい》い弟のためですもの。大したことではありませんわ。……あっ」

レティシアが慌てたように口を噤《つぐ》む。

俺が強欲竜の生まれ変わりなのかどうか、実際はまだ分からない。

【創造】のように力だけが宿った可能性もあるからな。

そのことはレティシアも理解しているらしく、普段は姉ぶった態度を見せることもなく、対等の仲間として接してくれていた。

今、『弟』という言葉が出てしまったのは、戦闘中であり、色欲竜に追われている緊急事態だからだろう。

人は誰しも余裕を失うと、思いがけない言葉が出てしまうものだ。

「コホン。――敵の数を減らしておきましょうか」

レティシアはまるで照れ隠しのように咳払《せきばら》いをすると、チラリと後ろを向き、右手を色欲竜の群れに向けた。

その腕には俺の貸したバスタード・ガントレットが装着されている。

「いきますわ」

言葉と同時に、付与効果のひとつである《黒蜘蛛《くも》の糸ＥＸ》が発動した。

右腕のガントレットから無数の糸が放たれる。

糸は空中でクモの巣状に大きく広がり、後ろから追いかけてくる色欲竜たちを絡め取った。

即座に、爆発が巻き起こる。

もちろん《黒蜘蛛の糸ＥＸ》にそんな効果はない。

糸に囚《とら》われた竜たちが一斉に自爆したのだ。

後続の仲間たちの邪魔をしないためだろう。

無限に増殖できる存在だからこそ可能な、手段を選ばない人海戦術だった。

「……厄介すぎるな」

「ですが、倒す方法は見つかりましたわ」

レティシアはそう言うと、左腕を掲げてみせる。

その手には、クモ糸によってぐるぐる巻きにされた物体が掴まれている。

んん？

これって色欲竜だよな。

事情を聞いてみると、レティシアは俺と別行動を始めてすぐに敵の捕獲に乗り出したらしい。

バスタード・ガントレットの《黒蜘蛛の糸ＥＸ》で足を止め、即座に【支配】を行う。

最初の一匹目は【支配】が終わるより先に自爆したようだが、二匹目は成功したようだ。

「今はこの個体を足掛かりにして、色欲竜の集合意識そのものに干渉を行っていますの」

色欲竜は一つの意識を共有する群体で、ゲームにたとえるなら、たった一人のプレイヤーによって操作される軍勢と言ってもいい。

レティシアはそのプレイヤーにあたるものを【支配】することで、すべての色欲竜を同時に自爆させるつもりだそうだ。

「ただ、同じ大災厄に【支配】を使うのはさすがに時間がかかりますし、逃げ回りながらでは尚更《なおさら》ですわ。だから――」

「俺の手が必要、ってことか」

「ええ。よろしくて？」

レティシアの言葉に、俺は頷いた。

「もちろんだ。何をすればいい？」


色欲竜は一つの意識を共有する群体だ。

だからこそ捨て身の人海戦術を取れるわけだが、その反面、群れの制御というものを単一の意識が担っているため、別動隊を作ったり、複数の挙動を同時に行うことは困難らしい。

「ですから、コウ様はとにかく全力で色欲竜の数を減らしてくださいまし。そうすれば敵は増殖を優先して、わたくしの【支配】への対抗が疎《おろそ》かになりますわ」

「もし【支配】への抵抗が優先したらどうする？」

「そのときはコウ様が普通に倒してくださいまし。つまり――」

レティシアは、ふふっ、と不敵な笑みを浮かべて言った。

「わたくしたち二人が揃《そろ》った時点で、勝利は決まったようなものですわ」

「はあああああああああああああああっ！」

俺は左手でグラム・オリジンを振り下ろす。

銀色の斬撃が数百体の色欲竜を呑み込み、消し飛ばした。

だが、それは群れの総数から言えば一割ほどに過ぎず、失われた分は増殖によってすぐに補填《ほてん》されてしまう。

「キリがないな」

「ですが【支配】への抵抗は弱まっていますわ。進捗《しんちょく》率は五割程度、もうひと頑張りですわね」

俺と横並びで飛び回りながらレティシアが告げる。

「コウ様、このまま負荷をかけ続けてくださいまし」

「ああ、任せておけ」

俺は後方から追いかけてくる色欲竜の群れに視線を向ける。

こいつらは数こそ多いが、一匹当たりの耐久力はさほど高くない。

だったら、チャージに時間のかかる《戦神の斬撃S＋》よりも、威力は低くても手数の多い攻撃手段を取るべきだろう。

たとえば——魔法とかな。

俺は右手を色欲竜の群れに向けてかざした。

その手首には三帝竜の腕輪が嵌まっている。

付与効果のひとつは《魔法生成ＥＸ》――炎、氷、風の三属性を組み合わせて、まったく新しい魔法を生み出すことができる。

「――よし」

イメージは出来上がった。

すぐに【フルアシスト】が起動して、イメージを具体的な魔法に変換してくれる。

完成までの時間はおよそ二秒。

あとは魔法に名前をつけるだけだ。

こういうときはシンプルなほうがいい。

俺は叫んだ。

「ツインストーム！」

言葉と共に、双子の嵐が巻き起こる。

片方は火炎を、もう片方は氷雪を纏《まと》っている。

二つの嵐は螺旋《らせん》を描くように絡み合いながら回転し、色欲竜たちを切り刻み、燃やし、凍《い》てつかせてゆく。

「さすがですわね」

レティシアが感嘆の声をあげる。

「【支配】への抵抗が一気に弱まりましたわ。……炎と氷、ふたつの温度差で混乱しているのだと思いますわ」

それは嬉《うれ》しい誤算だな。

色欲竜は全体で一つの意識を共有しているが、それゆえ、各個体が燃やされたり凍らされたりとバラバラの状態に陥っている現状をうまく処理できないのだろう。

……おっと。

どうやら誤算はもう一つあったらしい。

もちろん、いい意味での、だ。

俺の魔力はＭＰに換算すると10万を超えており、自然回復量は一秒ごとに一パーセントとなっている。

概算で毎秒１０００ずつ回復していくわけだが、他方、ツインストームを維持するために必要なＭＰは毎秒９５０だ。

僅差ではあるが自然回復量のほうが上回っている。

一般的な魔術師のＭＰが１００ということを考えると贅沢《ぜいたく》な話だが、余った魔力をうまく活用できないだろうか。

そのことをレティシアに伝えると、こんな提案が返ってきた。

「では、余剰魔力を貸してくださいまし。【支配】の出力を上げて、一気に勝負をつけますわ」

「分かった。うまく使ってくれ」

レティシアがこちらに右手を伸ばしてくる。

俺は左手のグラム・オリジンを【アイテムボックス】に収納すると、彼女の手を取った。

《戦神の斬撃Ｓ＋》のチャージを行うのと同じ要領で、レティシアに魔力を注ごうとした。

そのときだった。

「……っ!?」

ズキン、と。

脳の奥が軋《きし》むような感覚とともに、視界がブラックアウトした。

第十一話　強欲竜の声を聞いてみた。

「……ここは？」

気がつくと、俺は暗闇の中に浮かんでいた。

さっきまでレティシアと一緒に色欲竜の群れと戦っていたはずなのに、何が起こったのだろう。

以前にも似たようなことがあったな。

異世界に転移する直前、それから、黒竜を倒した後だ。

……あのときと同じように、半透明のウィンドウが目の前に出現した。

そこには雄々しい鬣《たてがみ》を持つ、黄金色の竜が映し出されている。

レティシアの髪の色に似ているが、彼女とは異なる存在であることは直感的に分かった。

代わりに、ひとつの名前が脳裏をよぎった。

レティシアの弟――。

「煌々《こうこう》たる強欲竜、か？」

こちらの言葉に、竜はウィンドウの向こうで頷《うなず》いた。

そして俺そっくりの声でこう告げた。


今、オレは俺《おまえ》の中から話しかけている。

よく聞け。

オレたちを食らったアイツが――ゾグラルが、もうすぐ来るぞ。

おまえは、おまえの守りたいものを守れ。

……もし余裕があれば、姉さんのことも頼む。


「――準備完了ですわ。いきますわよ」

レティシアの声で俺は我に返った。

ほんの一秒にも満たない間のことだったようだが、あの幻覚はなんだったのだろう。

オレたちを食らったアイツ、と強欲竜は言っていた。

俺の前世が強欲竜であり、前世の記憶が話しかけてきた……というアニメやマンガでありがちなシチュエーションと考えるなら一応の筋は通る。

あるいは、俺が覚えていないだけで、過去にゾグラルに取り込まれたことが――。

いいや、考え込むのは後でいい。

まずは目の前のことを優先しよう。

「……うまくいきましたわ」

ホッと安堵《あんど》のため息をつきながらレティシアがこちらを向いた。

「一時的にですが、色欲竜の意識を完全に乗っ取りました。――ご覧くださいまし」

そう言って、レティシアは背後を振り返る。

俺もそちらを見る。

視界がブラックアウトしたときにツインストームは消えてしまったようだが、さほど問題にはならなかった。

というのも、先ほどまで俺たちを追いかけていたはずの色欲竜たちはピタリと動きを止め、墜落を始めていたからだ。

「コントロールを奪い返される前に決着をつけましょうか」

レティシアは左手に掴《つか》んでいた、クモ糸で雁字搦《がんじがら》めの色欲竜を放り投げてから宣言した。

「わたくしの名において命じます。色欲竜よ、すべて爆《は》ぜなさい」

彼女の命令はすぐに実行された。

色欲竜たちは一斉に身体を輝かせたかと思うと、大きな爆発の華を咲かせた。

「相性の差で勝ちましたわね」

レティシアは金色の長い髪をかきあげながら呟《つぶや》いた。

残るは憤怒竜だけだな。

王都のほうに視線を向ければ、依然としてアイリスの結界は存在しており、街は被害なく守り抜かれていた。

「――ＧＵＡＡＡＡＡＡＡＡＡＡＡＡＡＡＡＡＡＡＡＡＡＡＡＡＡＡＡＡッ！」

憤怒竜は苛立《いらだ》ったように雄叫《おたけ》びをあげると、身体の向きを変え、俺たちを睨《にら》みつけてくる。

「コウ様、来ますわ！」

レティシアが叫ぶ。

憤怒竜の両肩の突起が赤く発光し、無数の火炎弾が放たれた。

火炎弾の軌道はどれもバラバラで、一直線に飛来するものだけでなく、放物線を描くもの、左や右に大きくカーブするもの、そして垂直に上昇してから方向転換するものもあった。

総数としては百を超えており、絶え間なく連射が続けられている。

まるで誘導ミサイルの弾幕だ。

色欲竜が斃《たお》れたことで同士討ちの危険がなくなったため、俺たちに攻撃を集中することにしたのだろう。

もちろん俺も黙っているつもりはない。

三帝竜の腕輪に意識を集中させて《魔法生成ＥＸ》を発動させる。

相手が炎の弾幕なら、こっちは氷と風の壁で対抗させてもらう。

「ブリザードストーム・ウォール！」

発動と同時に、氷雪の嵐がいくつも、いくつも巻き起こる。

それらは交差しながら疑似的な壁を築き上げた。

飛来する火炎弾を凍《い》てつかせ、真空の刃《やいば》によって粉砕していく。

「あれだけの攻撃を防ぎ切るなんて、さすがコウ様ですわね……」

隣で、レティシアが感嘆のため息をついた。

褒めてくれるのはありがたいが、守っているだけでは勝てない。

かといって迂闊《うかつ》に攻め込めば【完全報復】で倍返し、いや、倍以上の反撃が待っている。

【リミットブレイク】で一気に勝負をつけるのが理想的なんだが、残念ながらスキルのクールタイムが終わるのはずっと先のことだ。

残された手段としては、ユグドラシルの弓で【完全報復】を無効化することくらいか。

ただ、今はリリィとともに戦神のところにあるので、彼女が力の継承を終えるのを待つしかない。

……ああ、そうか。

「待てばいいんだな」

「どうしましたの？」

問いかけてくるレティシアに、俺は自分の考えを手短に伝える。

【完全報復】を持つ憤怒竜を攻撃して、わざわざ強化させてやる必要はない。

ひとまず防御に徹して時間を稼ぐのが最善の策だろう。

「承知しましたわ。長期戦の覚悟をしておきましょうか」

「ああ、頼む。……ん？」

気がつくと、火炎弾の連射が止まっていた。

「ＧＵＯＯＯＯＯＯ――」

憤怒竜は唸《うな》り声をあげながら、左腕を振り上げる。

肘から先は剣のような形状をしており、銀色の輝きを帯びていた。

最初に俺が《戦神の斬撃S＋》で攻撃したのを【完全報復】で学習した結果だ。

「OOOOOOOOAAAAAAAAAAAAAッ！」

憤怒竜が左腕を振り下ろした。

刃から、まばゆい光の斬撃が放たれる。

「レティシア、避《よ》けろ！」

「承知しましたわ！」

俺たちは揃《そろ》って右方向に回避した。

すぐ左を、巨大な光の斬撃が奔《はし》り抜けていく。

だが、まだ油断はできない。

憤怒竜は再び左腕を振り上げ、光の斬撃を放とうとしていた。

そのときだった。

王都を守っていた結界が消えたかと思うと、今度は、憤怒竜の周囲を包むようにして半球状に展開された。

「GUAAAAAAAAAAAAAAAッ！」

左腕の刃から、銀色に輝く閃光《せんこう》が放たれる。

それは激烈な勢いを伴った光の洪水だったが、結界というダムを越えることはできなかった。

「GUOOOOOOOOOOOOOOOOOOOOOOOOッ！」

三度、四度と攻撃を繰り返すが、憤怒竜は結界を突破できない。

内部に閉じ込められた状態になっていた。

あの結界は《真・竜神結界ＥＸ》のようなので、アイリスがやってくれたのだろう。

情報のすり合わせも必要だし、ひとまず合流しよう。

俺はレティシアとアイコンタクトを交わすと、風を操って王都の方角へと向かった。


俺、アイリス、レティシアの三人は王都から西に百メートルほど離れた地点で合流した。

「結界、ありがとうな」

「お礼はフィンブルに言ってあげて。憤怒竜を中に閉じ込めたのは、この子のアイデアなの」

アイリスが右手の槍《やり》を掲げると、穂先がピカピカと青白く発光した。

言葉は聞こえないが「ふふん」と誇らしげにしているのがなんとなく伝わってきた。

「結界の維持もフィンブルがやってくれているわ。ただ、さすがに魔力が足りなくなってきたみたい。コウ、分けてあげてちょうだい」

「もちろんだ」

幸い、俺の魔力はすでに上限まで回復している。

俺はフィンブルの穂先に触れると、魔力を注ぎ込む。

要領としては《戦神の斬撃Ｓ＋》を使うときと同じだな。

ほどなくして、フィンブルが激しい光を放ち始めた。

「これでいいか？」

俺がそう問いかけると、アイリスは「たぶんね」と答えてから軽く目を閉じた。

おそらくフィンブルの声を聴いているのだろう。

やがて瞼《まぶた》を開くと、こう告げた。

「普段よりも調子がいい、何時間でも結界を維持できそう……って言ってるわ。どうしてかしら」

「コウ様の【覚醒】が原因、という可能性もありますわね」

レティシアが俺のほうに視線を向けながら呟いた。

「先ほど、わたくしもコウ様から魔力を分けていただきましたけれど、その途端に【支配】の出力が急上昇しましたもの」

「そうなのか？」

あのときは視界がブラックアウトしたこともあって、状況をきちんと把握しきれていなかった。

ただ、よく考えてみれば、俺が魔力を譲渡してからレティシアが【支配】を完了させるまで随分と早かったよな。

ともあれ、俺の魔力に仲間を強化する効果があるのなら、今後は戦闘前に軽く譲渡しておいてもいいかもしれない。

そんなことを考えつつ、俺はアイリスと情報の共有を行う。

伝えるのは黄竜と色欲竜を倒したこと、そして憤怒竜は【完全報復】という固有能力を持っていることだ。

なお、【完全報復】の存在についてはアイリスのほうでも推測はしていたようだ。

「コウが《戦神の斬撃Ｓ＋》で攻撃したあと、憤怒竜の左腕が剣の形になったでしょう？　しかも銀色の光を放出していたから、相手の攻撃をまねする能力があるんじゃないかと思ったの」

「だからずっと《真・竜神結界ＥＸ》で防御に徹していたんだな」

「ええ。そうしたらフィンブルが『攻撃せずに憤怒竜を足止めする方法を思いついた』って教えてくれたの」

アイリスはそう言いながら視線を結界のほうへ向けた。

その内部では今も憤怒竜が暴れ回っているが、完全に閉じ込められた状態となっている。

あとはリリィが戦神の力を継承し終えるのを待つばかりだ。


まだだ、油断するなよ。


突如として頭の中に言葉が響いた。

【フルアシスト】の無機質なアナウンスじゃない。

もっと人間的で――俺自身の声にそっくりだった。


来るぞ。

「来ますわ」

レティシアは険しい表情で呟くと、あたりに視線を巡らせる。

「何が来るんだ？」

「この気配は大災厄ですわ。でも、どこから……？」

「フィンブルも同じことを言ってるわ」

アイリスも硬い声で告げた。

「気配はあるのに場所が分からない、って」

じゃあ、一体どこに隠れているんだ？

俺は【オートマッピング】を立ち上げて索敵を行おうとした。

その矢先——

「ＧＵＯＯＯＯＯＯＯＯＯＯＯＯＯＯッ！」

憤怒竜が雄叫びをあげた。

同時に、その足元の地面がグニャリと歪《ゆが》み、灰色で小さな球体がポコポコポコ……と湧き上がるようにして次々と現れた。

球体は憤怒竜の表面に張り付いたかと思うと、不気味に蠢《うごめ》いて形を変えていく。

俺は即座に【鑑定】を発動させる。

捧《ささ》げられたる嫉妬竜：この世界の〝外側〟から飛来した大災厄の竜。あらゆる生命にとっての天敵である。ゾグラルから創造神の力を分け与えられており、自分自身と他の大災厄を素材として、さらなる上位存在を創造する。

大災厄と大災厄を組み合わせて、さらに上位の存在を生み出す。

【鑑定】の説明どおりの現象が今まさに起こっていた。

憤怒竜の姿が変貌していく。

両肩の突起が大きく伸び、竜の頭を思わせる形状となった。

背中には巨大な翼が備わり、左腕の剣もさらに大きさを増す。

そうして現れたのは、禍々《まがまが》しい気配を放つ、三つ首の巨竜だった。

最果てたる魔神竜：嫉妬竜が自分自身と憤怒竜を素ざざざＺＺＺＡＡＡＡＡＡＡＡＡ——。

俺は巨竜に対して【鑑定】を行使したが、説明の音声が途中でおかしなことになっていた。

どういうことだ？


解析中……。

魔神竜は固有能力として【因果逆襲】を保有しています。

これによって【鑑定】を学習、【鑑定妨害】を獲得したと推定されます。

アナウンスとともに脳内に情報が流れ込んでくる。

【因果逆襲】は【完全報復】を強化した固有能力であり、自分への攻撃を増幅する形で模倣するだけでなく、相手の行動を学習して対応を行うようだ。

もともと厄介な敵だったが、それに磨きがかかった、ってことか。

「「「GUOOOOOOOOOOOOOOOOOOOOOOOOOOOOOOOOッ！」」」

三つの顎《あぎと》が一斉に咆哮《ほうこう》する。

ただそれだけのことで、魔神竜を取り囲む結界が粉々に砕け散っていた。

「そんな！」

アイリスは驚きに叫び声をあげながらもフィンブルを構え直す。

結界をあらためて展開するつもりなのだろう。

だが、それより先にレティシアが叫んだ。

「逃げなさい！　早く！」

避けるではなく、逃げる。

強い言葉を使ったのは、本能的に危険を感じ取ったせいかもしれない。

「GUU……」

魔神竜は左腕の刃を俺たちに向けていた。

そして何の溜《た》めもなく、銀色の閃光を放った。

「やあああああああああっ！」

ほとんど同じタイミングで、アイリスが《真・竜神結界ＥＸ》を発動させていた。

光の壁が俺たちの前に現れた。

だが、銀色の閃光はその壁をまるで障子紙のようにたやすく打ち破ると、大気を焼き焦がしながら俺たちに迫る。

「……っ！」

俺は咄嗟《とっさ》に《神速の加護ＥＸ》を発動させていた。

そして左腕でアイリスを、右腕でレティシアを抱き寄せると、超高速でその場を離脱する。

方角は西だ。

王都から少しでも距離を取っておく。

街に被害が出る可能性をできるだけ低くしたいからな。

回避を終えたところで二人を放す。

ここまでに経過した時間は一秒程度だ。

《神速の加護ＥＸ》を解除すると、世界は本来の速度で動き始める。

「えっ……!?」

アイリスが戸惑いの声をあげる。

混乱するのも当然だろう。

彼女にしてみれば、その場に留《とど》まって結界を張っていたはずなのに、突如として別の場所にワープさせられたようなものだからな。

「助けていただいたみたいですわね。感謝いたしますわ」

レティシアはすぐに状況を把握したらしく、礼の言葉を口にする。

俺は二人に対して、手短に魔神竜のことを伝えようとした。

だが、敵はそんな余裕を与えてくれない。

「「「GAAAAAAAAAAAAAAAAAAAAAAAAAAAAッ！」」」

三重の咆哮を響かせると、魔神竜は大きく羽搏《はばた》いた。

たったそれだけのことで暴風が吹き荒れ、砂嵐が巻き起こる。

「GUOOOOOOOOOOOOOOOOOOOOOOOOOOOッ！」

中央の頭が、さらに大きな雄叫びをあげる。

その口元で闇色の閃光が弾《はじ》けたかと思うと、紫電を纏《まと》った極大の熱線が吐き出された。

「みんな、散れ！」

「ええ！」

「承知ですわ！」

俺は上、アイリスは左、レティシアは右に逃れる。

熱線が俺たちのいた場所を奔り抜けた。

間一髪、危ないところだった。

俺は内心で安堵のため息を――いや、まだだ！

「GAAAAAAAAAAAGOOOOOOOOOOOOOOOッ！」

右側の頭が大きく顎を開き、紫電の熱線を放った。

射線上にはアイリスの姿があった。

回避は間に合いそうにない。

「アイリス！」

俺は再び《神速の加護EX》を発動させる。

ＭＰの消費は激しいが、大切な仲間――アイリスの危機を見過ごすわけにはいかない。

スローモーションの世界で、俺だけが普段どおりの、いや、普段以上の速度で動くことができる。

……はずだった。

「ＧＵＵＵＵＵＵＵＵＡＡＡＡＡＡＡＡＡＡＡＡＡＡＡＡＡＡッ！」

魔神竜の、左側の頭が咆哮した。

それと同時に《神速の加護ＥＸ》が解除され、スローモーションの世界から弾き出される。


魔神竜は【因果逆襲】を発動させました。

《神速の加護ＥＸ》を学習、【神速妨害】を獲得したと推定されます。


「だったら……！」

俺はすぐに二枚目の切り札である【短距離ワープ】を発動させた。

視界がグニャリと歪み、アイリスのそばへと転移する。

今回は妨害されずに済んだらしい。

だが安心している暇はない。

魔神竜の放った紫電の熱線は、もはや目前まで迫っていた。

アイリスの腕を掴んで【短距離ワープ】を再発動させる。

だが、何も起こらなかった。

脳内では【フルアシスト】が新たなメッセージを伝えていた。

どうやら魔神竜は【空間操作】の妨害能力を獲得したらしい。

これによって【短距離ワープ】だけでなく【透明化】や【空間拘束】も使えなくなった。

俺は咄嗟の判断で、アイリスを後ろに突き飛ばす。

「コウ!?」

「俺は大丈夫だ！　離れろ！」

そう叫びながら俺は三帝竜の腕輪に意識を向け、《魔法生成ＥＸ》を発動させた。

今回必要なのは、アイリスを守るための盾だ。

俺の思いに応えるように、新たな魔法が生み出される。

「トリニティ・ウォール！」

発動とともに、巨大な魔力の防壁が現れた。

それは三枚重ねとなっており、炎、氷、風の力を纏っている。

紫電の熱線が、防壁に直撃した。

激しいスパークが生じ、視界を白く染める。

「もってくれよ……！」

だが俺の願いも空《むな》しく、炎を宿した一枚目の防壁が破られた。

氷を宿した二枚目、風を宿した三枚目も砕け散り——

「ぐああああああああああああああっ！」

俺は紫電の熱線に呑《の》み込まれた。

咄嗟にフェンリルコートを脱いで身体の前にかざしていたおかげで、幸い、生身への直撃だけは避けられた。

だが熱線の勢いを殺しきれるわけもなく、俺は稲妻の激流に押し流され、弾き飛ばされる。

風をコントロールする余裕もなく、地面に叩《たた》きつけられた。

「ぐっ……！」

【器用の極意】を発動させて受け身をとったものの、激突の衝撃をゼロにすることはできなかった。

それでも痛みをあまり感じずにいられるのは【転移者】の状態異常無効のおかげだろう。

俺は身を起こしながら、自分がどんな状態なのかを確認する。

眼《め》は見えている、耳は聞こえている、手足もある。

ただ、装備品がボロボロだ。

熱線を真正面から受け止めたフェンリルコートは、半分以上が焼失してボロ切れのような状態になっている。その下に装着していたアーマード・ベア・アーマーやバスタード・ガントレット、三帝竜の腕輪もヒビだらけになっており、崩壊寸前だった。付与効果の発動も不可能になっている。

そこに追い打ちをかけるように【フルアシスト】が告げた。


魔神竜は【因果逆襲】を発動させました。

【器用の極意】を学習、【器用妨害】を獲得したと推定されます。


俺はこの瞬間、あらゆる武器を自由に扱う力を失った。

それだけでも重大な危機だが、さらに絶望的な状況が襲いかかってくる。

魔神竜は【因が逆襲】を発発ささました。

【フルアシスト】を学学、【フフアアア妨害】を獲獲しし推定定定――。

ブツン。

最後に不穏な音を残して、脳内のアナウンスが消えてしまった。

まさか【フルアシスト】まで妨害されたのか。

嫌な汗が頬《ほお》を伝う。

俺はかつてないほど濃密な死の気配を間近に感じていた。

「「「GAAAAAAAAAAAAAAAAAAAAAAAAAAッ！」」」

魔神竜は三つの頭で同時に咆哮すると、視線を一斉に俺へと向け、顎を大きく開いた。

その喉の奥から紫電の閃光がせり上がってくる。

こちらを狙っていることは明白だった。

まずい。

【フルアシスト】を封じられているせいで、風を操って飛ぶこともできない。

俺は少しでも距離を取ろうと立ち上がりかけて――倒れる。

痛みがないせいで気づかなかったが、右足がおかしな方向に曲がっていた。

いや、骨折しているからこそ【転移者】が痛覚を遮断していたのかもしれない。

俺は【アイテムボックス】を開いてヒールポーションを選択する。

だが虚空に浮かんだ取り出しの魔法陣は、バチッと火花を上げて即座に消えてしまう。

【因果逆襲】か。

俺が理解した直後、魔神竜が吼《ほ》えた。

「「「GUOOOOOOOOOOOOOOッ！」」」

極大の熱線が、三つ同時に放たれる。

俺一人に向けた集中砲火だった。

有用なスキルはすべて封じられ、装備品もマトモに機能していない。

もはや打つ手のない状況を前にして、俺はせめて眼だけは逸《そ》らすまいと魔神竜を睨みつける。

そのときだった。

二つの影が、俺を庇《かば》うように舞い降りた。

ひとつは、アイリス。

もうひとつは、レティシアだった。

「あなたのことは絶対に守る。前に、約束したもの……！」

「姉が弟を助けるのは、当然のこと、ですわ……！」

アイリスはフィンブルを掲げて《真・竜神結界ＥＸ》を展開する。

さらにレティシアも槍の柄《つか》に手を添えて魔力を流し込む。

普段以上の魔力を得たこともあり、結界はかなり強固で分厚いものになっていた。

軋《きし》みをあげつつも、熱線の集中砲火を受け止めた。

だが、ほどなくして防壁のあちこちにヒビが入り――砕け散る。

もはや俺たちを守るものは何もない。

命の危機を前にして、思考が加速する。

それは人間が生まれながらに持つ能力だ。

集中力が極限まで高まり、一瞬が無限大に引き延ばされた。

あと数秒ほどで、俺も、アイリスも、レティシアも、三人揃って焼き尽くされるだろう。

そんなのは嫌だ。

たとえ俺がどうなろうとも、せめて彼女たちは助けたい。

何かできることはないか。

打てる手は残っていないか。

ああ、そうだ。

まだ魔神竜に封じられていない切り札が、ひとつだけある。


——【創造】。


いったい何と何を素材にする？

頭をよぎるのは、先ほどの幻覚だ。

暗闇の中、半透明のウィンドウに映し出された黄金の竜、強欲竜。

あいつは「オレは俺《おまえ》の中から話しかけている」と言っていた。

強欲竜は俺の中にいる。

【覚醒】を自在に扱うことができれば、【因果逆襲】さえも打ち破ることが可能かもしれない。

だったら、やることはひとつだ。

俺と、俺の中にいる強欲竜を素材にして【創造】を行う。

そんな無茶苦茶が可能なのかどうか分からない。

ただ、創造神の力を持つゾグラルは『地獄』という概念を素材にして憤怒竜を作ったわけだし、嫉妬竜も自分自身と憤怒竜をもとに魔神竜を生み出したのだから、【創造】には俺が想像する以上の可能性が秘められているはずだ。

【フルアシスト】が封じられているせいでレシピも浮かばないが、知ったことか。

これは日本で炎上案件の処理をやっていたときの経験則だが——

最後の最後で重要になるのは、自分の直感を信じて、そこに迷いなく全賭けすることだ。

あらゆる手札を切り、限界まで力を尽くした先の博打《ばくち》は、成功の必然に変わる。

俺は意識を自分自身の内側に向け、【創造】の発動を念じる。

ドクン、と。

俺の意思に呼応するように、身体の奥で、何か大きなものが震えた。


聞こえるか？

オレだ、強欲竜だ。

先に言っておくぞ。

融合が進むと、オレと俺《おまえ》は完全に混じり合って後戻りができなくなる。

俺《おまえ》は人間どころか『コウ・コウサカ』でもない、別の何かに変わっちまうってことだ。
けど、まあ、俺《おまえ》のことだからきっとこう考えるだろ？
それがどうした、皆を守れるなら安いもんだ……ってな。
オレたちは似た者同士だ、分かってるさ。

強欲竜の声が、脳裏に響く。

タイムリミットは五分だ。
そのくらいの時間だったら【創造】で一つになっても後から分離できる。
よく覚えておけ。
さて、それじゃあ行くか。

ああ、行こう。
俺は頷いて【創造】を発動させる。
黄金色の閃光が弾けた。

第十二話

覚醒

「おおおおおおおおおおおおおおおおおおおおおおおおおおおおおおっ！」

俺は右手を掲げる。

【覚醒】が発動し、瞬時に二つのスキルが生まれた。

ひとつは【妨害能力無効化】、任意の妨害能力を無効化できる。

もうひとつは【空間遮断】、空間そのものを『遮断』してあらゆる攻撃を防ぐ。

俺はまず【妨害能力無効化】によってスキルや付与効果への妨害を無効化した。

おっと。

【フルアシスト】は封印されたままでいいぞ。

あのスキルは、オレを抑え込むための檻《おり》みたいなものだからな。

頭の中に強欲竜の声が響く。

【フルアシスト】は強欲竜の力を制御する役割もあったのだろう。

それが封じられた結果、俺は【覚醒】を手に入れた。

魔神竜にしてみれば【因果逆襲】が裏目に出た、ってことだな。

ああ、まったくもってそのとおりだ。

俺は強欲竜の言葉に頷《うなず》きながら【空間遮断】を発動させる。

どんな攻撃であろうと、空間が繋《つな》がっていなければ意味がない。

魔神竜の熱線は俺たちの手前五メートルほどの位置で、空間の歪《ゆが》みへと吸い込まれていく。

その光景を前にして、アイリスが驚愕《きょうがく》の表情を浮かべながら俺のほうを振り返った。

「コウ……。助けて、くれたの？」

「ああ。もう大丈夫だ。庇《かば》ってくれてありがとうな」

俺は【アイテムボックス】からヒールポーションを取り出し、自分の右足に振りかける。

傷はすぐに癒えた。

両足に力を入れて、立ち上がる。

身体の周囲では黄金色の粒子が渦を巻いていた。

「コウ様。まさか、その気配は……」

レティシアがハッとした表情を浮かべ、俺に視線を向ける。

おそらく強欲竜の存在を感じ取ったのだろう。

「ああ。俺《オレ》だよ」

俺の中の、俺じゃない部分《強欲竜》が返事をする。

現在の俺は【創造】によって『コウ・コウサカ』と『煌々《こうこう》たる強欲竜』が融合を果たしていた。

すでに【覚醒】は完全開放の状態にあり、全身に力が漲《みなぎ》っている。

魔神竜の熱線を防ぎ切ったところで、俺は【空間遮断】を解除した。

さて、反撃といこう。

左手を突き出しながら、頭に浮かんだ言葉を口にする。

「星々の輝きの中に消え去れ。――【煌々たる竜の息吹《シャイニングブラスター》】」

それはたった今、【覚醒】によって生み出されたスキルだ。

円と三角形を組み合わせた紋章が現れ、黄金色の熱線が放たれる。

それは魔神竜の右頭と右翼を呑《の》み込んで、一瞬のうちに蒸発させた。

「「ＧＵＵＵＵＵＵＵＡＡＡＡＡＡＡＡＡＡＡＡＡＡＡＡッ！」」

残った二つの頭が絶叫する。

巨体がグラリと傾き、そのまま墜落を始めた。

俺は右手で【アイテムボックス】からグラム・オリジンを引き抜く。

風を操って浮上しながら、アイリスとレティシアに告げた。

「二人は後ろから来てくれ。いざというときはフォローを頼む」

「分かったわ。……あまり無理はしないで」

「でも、必要ならいくらでも身を削るのがコウ様でしょう？　わたくし、嫌というほどよく知っていますわ」

レティシアが、ふふん、と胸を張る。

まったく。

姉さんには敵《かな》わないな。

俺は苦笑しつつ、自分の思考がだんだんと強欲竜と混じり始めたことに気づく。

【創造】によって融合してから、およそ三十秒ほどが過ぎていた。

決着を急がないとな。

俺は一気に高度を上げる。

魔神竜に目を向ければ、墜落の果てに地面に激突したところだった。

俺としては、もちろん攻撃の手を緩めるつもりはない。

「はあああああああああああああっ！」

裂帛《れっぱく》の気合と共に、剣に魔力を注ぎ込む。

銀色の光が放出され、巨大な刃《やいば》となった。

俺は魔神竜に向かって急降下しつつ、斬撃を叩《たた》きつける！

「「GUUUUUOOOOOOOOOOOOOOOOッ！」」

もちろん魔神竜も無抵抗ではなく、右翼の再生を最優先で済ませると、即座に地面を離れた。

左腕の剣に閃光《せんこう》を纏《まと》わせ、俺を迎え撃つ。

巨大な光の刃が二つ、真正面からぶつかり合った。

目が眩《くら》むほどの輝きが弾《はじ》ける。

二度、三度、四度——。

俺と魔神竜は激しく斬り結ぶ。

「GUUUUUUUUUU……ッ！」

中央の頭が咆哮《ほうこう》をあげ、大きく口を開いた。

その喉奥からせり上がってきたのは紫電の閃光ではなく、黄金色の輝きだった。

どうやら【因果逆襲】により【煌々たる竜の息吹《シャイニングブラスター》】を学習したのだろう。

「GAAAAAAAAAAAAAッ！」

熱線が放たれる。

俺は左手を掲げると【煌々たる竜の息吹】を発動させた。

先ほどよりもひときわ大きな魔法陣が現れ、黄金色の閃光が撃ち出された。

至近距離で、熱線と熱線が真正面から激突する。

魔神竜は【因果逆襲】により、自分が受けた攻撃を増幅する形で模倣する。

であれば、本来、このぶつかり合いを制するのは魔神竜だろう。

だが俺には【覚醒】がある。

魔神竜が上位互換の反撃をしてくるのなら、こちらは自分自身の超位互換になればいい。

「はああああああああああああああああっ！」

魔法陣から放出される熱線が勢いを増す。

それは魔神竜の熱線を押し返し、さらには中央の頭を貫き消滅させた。

「「GUOOOOOOOOOOOOッ！」」

残った左の頭と、再生を終えたばかりの右の頭が同時に絶叫した。

魔神竜の動きが鈍る。

俺はその隙《すき》を見逃さず、グラム・オリジンにさらなる魔力を注ぎ込んだ。

「おおおおおおおおおおおおおおおおおおっ！」

一刀両断。

魔神竜の左腕を、肘から伸びる剣と光の刃ごと斬り落とす。

返す刀でさらに左の頭を刎《は》ねた。

最後に右の頭を落とそうとして――。

「ッ……!?」

視界が真っ白に染まった。

全身に激痛が走る。

咳《せ》き込むと口の端から鮮血がドロリとこぼれた。


まずいぞ。

強欲竜の声が脳裏に響く。


【覚醒】の歯止めが効かなくなっている。

俺《おまえ》と【覚醒】の相性が良すぎるんだろう。

けれど、肉体のほうがそれに追いついていない。

このままだとタイムリミットの五分より前に自滅するぞ。


「GAAAAAAAAAAAAAAAAAAAAAAッ!」

魔神竜は身体を再生させつつ、右の顎《あぎと》を開き、熱線を吐き出そうとする。

こちらも【煌々たる竜の息吹《シャイニングブラスター》】で迎撃すべきなのだろう。

だが激痛のせいで意識が乱れ、能力の発動もままならない。

「――やあああああああああああああっ！」

俺が行動不能に陥ったのを察してか、アイリスが前に出た。

フィンブルを構えて《絶対凍結ＥＸ》を発動させる。

槍《やり》の穂先から青色の閃光が迸《ほとばし》り、今まさに熱線を放とうとしていた魔神竜の右頭に直撃する。

一瞬だけ右の頭部が氷漬けとなり――次の瞬間、その口腔《こうこう》内で熱線のエネルギーが暴発した。

これで魔神竜はすべての頭を失ったが、まだ勝負はついていない。

なぜなら現在も猛烈な速度でその身体が再生を続けているからだ。

一方で俺は大きな危機に陥っていた。

もはや【覚醒】は制御不能に陥っており、反動によって肉体が内側から崩壊を始めている。

風のコントロールが乱れ、姿勢が崩れた。

ちょうどそのタイミングで、誰かが後ろから俺を支えてくれる。

朦朧《もうろう》とする視界の端に、金色の長い髪が見えた。

「まったく、貴方《あなた》は昔から無茶ばかりですわね」

レティシアが呆《あき》れたように嘆息する。

同時に、身体の中に何か温かなものが流れ込んでくるのを感じた。

「【支配】で【覚醒】を鎮静化させますわ。拒絶せずに受け入れてくださいまし」

普段ならここで【転移者】が発動して【支配】を弾いていただろう。

コウ・コウサカにとって傲慢竜《ごうまんりゅう》の因子は『異物』だからだ。

けれども今の俺は【創造】によって強欲竜と混じり合っている。

姉さんの力を受け入れることに抵抗はなかった。

「わたくしと一緒に大きく息を吸って、吐いて……。上手ですわね。それじゃあもう一度、吸って、吐いて……」

言われるままに呼吸を繰り返す。

そのたびに身体の痛みが和らぎ、【覚醒】が落ち着きを取り戻していった。

「安定したみたいですわね」

「すまない。助かった」

「お気になさらず。大切な弟のためですもの」

ふふっ、とレティシアは俺に微笑《ほほえ》みかけてくる。

どこまでも相手を包み込むような、柔らかな表情だった。

俺は胸のあたりが温かくなるような感覚を覚えつつ、【アイテムボックス】を開く。

ヒールポーションを取り出し、一気に飲み干す。

【覚醒】の繰り返しでボロボロになった身体がすぐに本来の状態に戻っていく。

戦神の傷さえ癒《いや》したヒールポーションだからな。

俺の身体くらいなら一瞬で治癒できる。

あらためて魔神竜に視線を向ければ、その姿に大きな異変が起こっていた。

三つあったはずの頭は一つに減っていた。

ただ、その大きさは最初の三倍以上もある。

三つに分散していたパワーを一つにまとめた、ということだろうか。

手数よりも攻撃力で押し切る方向に舵《かじ》を切ったのかもしれない。

魔神竜は、小さな村なら丸呑みにできそうなほど大きな口を開くと、金、銀、黒の三色が混じり、さらに冷気を纏わせたグロテスクな熱線を放った。

【因果逆襲】で学習した力を集約したのだろう。

随分と無茶苦茶なことをするものだ。

アイリスとレティシアがこちらを見た。

俺は小さく頷いたまま、何もしなかった。

何もする必要がないと分かっていたからだ。

俺から見て左後方——王都の方角から、銀色の光が飛来した。

それは魔神竜の熱線に真正面からぶつかり、激しい火花を迸らせたあと、完全に相殺していた。

「——コウさん！　アイリスさん！　レティシアさん！　お待たせしました！」

少し遅れて、声が聞こえた。

それは鈴が転がるような、心地よく可愛《かわい》らしい響きを伴っていた。

頭上から光の羽が、ひらり、ひらりと舞い降りては粒子になって消えていく。

やがて俺たちの前に舞い降りたのは天使——ではなく、純白の翼を背中に生やしたリリィだった。

全身がうっすらと銀色の輝きに包まれており、どこか神々しい気配を漂わせている。

「リリィちゃん、その姿は……」

アイリスの言葉に、リリィは頷いた。

「はい。戦神様の力を継承しました」

リリィはその右手にユグドラシルの弓を、左手に災厄殺しの矢を携えている。

【予知夢】によれば、本来、災厄殺しの矢を召喚するにはリリィの命を捧げる必要がある。

だが、戦神の力を受け継いだことにより、その必要もなくなったのだろう。

白竜の時と同じく、未来は変わったのだ。

俺はそのことを素直に嬉《うれ》しく感じていた。

「やっと四人が揃《そろ》いましたわね」

レティシアも俺と同じ気持ちらしく、その声は弾んでいた。

「ここからが本番ですわ」

「ああ。一気に決めよう」

俺たちは互いに視線を交わし、頷き合う。

強欲竜に言われていたタイムリミットまでは百秒を切っているが、勝負をつけるには十分だ。

「GAAAAAAAAAAAAAAAAAッ！」

魔神竜が再び咆哮し、激流のような熱線を吐き出す。

「――いきます！」

リリィはいつになく凛《りん》とした声で宣言すると、左手に持った災厄殺しの矢を掲げた。

それをユグドラシルの弓に番《つが》え……放つ！

矢は煌《きら》めくような輝きを纏い、銀色の流星となった。

流星はこちらに迫る熱線を跳ね除《の》けると、その勢いのまま魔神竜へと向かい、大きく開かれた顎の奥を貫いた。

一瞬の静寂。

魔神竜の喉奥で、まるで超新星爆発のような光が弾ける。

「ＧＵＵＵＵＵＵＵＡＡＡＡＡＡＡＡＡＡＡッ！」

絶叫が響き渡った。


【フルアシスト】風に言うならこんなところか。

――災厄殺しの矢により、魔神竜の【因果逆襲】が無効化されました。

おっと、再生能力も止まったみたいだな。


魔神竜は苦しげに身をよじると、左右の翼を激しく羽搏《はばた》かせた。

猛烈な勢いでこちらに突進してくる。

破れかぶれの特攻といったところか。

「無駄よ！」

アイリスがフィンブルを掲げ、《真・竜神結界ＥＸ》を発動させる。

展開された結界は、単純な防御のためのものではなかった。

魔神竜を四方八方から取り囲み、身動きができないように拘束していた。

「コウ、後はお願い！」

「――任せろ」

俺は左手で【アイテムボックス】からグラム・イミテイトを引き抜く。

「姉さん、剣に魔力を注いでもらっていいか」

「……っ!?」

俺に『姉さん』と呼ばれたことが予想外だったのか、レティシアは一瞬だけ目を丸くした。

しかしすぐに気を取り直すと、グラム・イミテイトの刃に両手を添える。

「弟の頼みとあらば、全力を出さざるを得ませんわね。本気でいきますわよ」

たちまち、剣は彗星《すいせい》のような青い輝きに包まれる。

一方、俺は右手に持っていたグラム・オリジンに、オレ《強欲竜》の魔力を注いでいた。

よし。

神技《じんぎ》の準備は整った。

原理としては黒竜の力を使った『レーヴァテイン』と同じだ。

オレ《強欲竜》と姉さん《傲慢竜》の力を使った、必殺の一撃。

名前は——。


『ラグナロク』でどうだ。

魔神竜を殺すんだから、ピッタリだろ？


採用だ。

俺は強欲竜の声に頷きながら、風を操って一気に高度を上げる。

数秒間だけ【覚醒】を発動させ、【空間操作】の派生として新たなスキルを生み出す。

【強制転移】。

視界内の敵を、任意の場所に転移させる力だ。

このまま全力で攻撃すると、王都を巻き込むかもしれないからな。

意識を集中させる。

魔神竜の周囲で空間が歪み、その身体を拘束する結界ごと、はるか上空へとワープさせていた。

今だ。

俺は左右の剣を交差させながら振り上げる。

「終焉《しゅうえん》の光よ、神を食らいて新たな夜明けを齎《もたら》せ。――ラグナロク」

胸の内に浮かんだ呪文を口にすると、グラム・オリジンは黄金色の、グラム・イミテイトは青色の閃光を発した。

荒れ狂う二つの力を制御しつつ、俺は全身全霊で剣を振り下ろす。

「はあああああああああああああああああああああああああああああっ！」

金と青、二つの光は螺旋《らせん》を描きながら一つに混じり合い、極光《オーロラ》となって魔神竜を呑み込んだ。

拘束のための結界ごと、その巨体を焼き尽くしていく。

「GIIIIIIIIIIIIAAAAAAAAAAAAAAAAAAAAAAAAッ！」

断末魔の絶叫が響いた。

空が割れるのではないかと思うほどの大きな爆発とともに轟音《ごうおん》が響いた。

魔神竜は跡形もなく消滅し、復活することもなかった。

ふう。

俺の勝ち——いや、違うな。

俺たちの、勝ちだ。

エピローグ
夜空を見上げてみた。

四分五十秒、ギリギリセーフだな。

——【創造解除】。

ああ、そうだな。

俺は内心で頷《うなず》きながら【覚醒】で新たなスキルを生み出す。

——【創造解除】。

それは【創造】でひとつになったものを、本来の素材に戻すスキルだ。

すぐに発動させて、俺と強欲竜を分離する。

全身に満ちていた爆発的な力がだんだんと弱まっていき、やがて完全に消えてしまった。

「……くっ」

グラリ、と視界が傾く。

ラグナロクの発動によって気力を使い果たしたらしく、もはや凪を操るだけの集中力も残っていなかった。

俺は重力に引かれ、地面へと墜落していく。


さて、今回はこれでお別れだ。

もうじき【フルアシスト】が再起動するからな。

セーフモードが終わったら、オレや俺《おまえ》のことについて訊《き》いてみろ。

知りたいことはすべて教えてくれるはずだ。

じゃあな。


フッ、と。

胸の奥のほうに何かが引っ込むような感覚があった。

強欲竜の声はもう聞こえない。

俺は現在も落下を続けており、いずれ地面に激突するだろう。

だが焦りはなかった。

彼女たちの気配が、もうそこまで近づいていたからだ。

「コウ！」

「コウさん！」

「コウ様！」

アイリス、リリィ、レティシア――。

三人が、俺を囲むようにして受け止めてくれる。

我ながら贅沢《ぜいたく》な身分だよな。

「皆、ありがとう。助かったよ」

「間に合ってよかったわ。……いきなり落ち始めたときは、どうなるかと思ったけれど」

アイリスが、はぁぁぁ、と胸に溜《た》まった不安を吐き出すように嘆息した。

「わたくしも生きた心地がしませんでしたわ。まったく、無茶ばかりで周囲に心配をかけるのは昔と変わりませんわね」

レティシアはやれやれといった表情を浮かべると、右手で俺の頬《ほお》に触れた。

その温かな感触に懐かしさを覚えてしまうのは、強欲竜と一体化していたときの感覚が残っているからだろう。

「コウさん。身体は大丈夫ですか」

リリィが気遣うように声をかけてくる。

「今日はゆっくり休んでください。もし他の災厄が出てきても、私が戦いますから」

「いや、それはさすがに――むぐっ」

俺はリリィに遠慮の言葉を告げようとしたものの、それよりも先にレティシアが右手の人差し指を伸ばして俺の口を塞《ふさ》いでいた。

「たまには周囲に甘えなさいな。一人で背負ってばかりでは、いつか潰《つぶ》れてしまいますわよ」

「あたしだってフィンブルがあるし、もうちょっと頼りにしてちょうだい」

「……そうだな」

実際、俺の身体は極度の疲労状態にあった。

本来なら【覚醒】の反動で死んでいたはずだしな。

限界を超えた進化が行き着く先は自滅であり、だからこそ【フルアシスト】が制御を行っていたのだろう。

空を見上げれば、血のような暗赤色は消え、澄み切った青色に戻っていた。

これで一段落かな。

王都への被害もゼロだし、文句なしのハッピーエンドと言っていいはずだ。

安堵《あんど》から、俺はアイリスたちに運ばれながら眠りに落ちていた。


次に目が覚めたときには、驚いたことに翌日の夜になっていた。

戦いが終わってから三十時間ほどが経過している。

随分と長いあいだ眠っていたものだ。

「よっぽど疲れていたんでしょうね。リンゴ、剥《む》いたけど食べる？」

「ああ。ありがとうな」

俺はベッドから上半身を起こした状態で、アイリスからリンゴののった小皿を受け取る。

場所は迎賓館の三階、俺の泊まっている部屋の寝室だ。

アイリスはずっとベッドのそばに付き添ってくれていたらしい。

「悪いな。退屈だっただろう」

「そんなことないわ。久しぶりにゆっくり本を読めたし、その……」

「どうした？」

「コウの寝顔、なんだか可愛《かわい》かったわ」

「……そうか」

俺は思わずアイリスから視線を逸《そ》らした。

小皿の上のリンゴは「うさぎさん」の形に切られている。

そのうちのひとつをつまんで、齧《かじ》った。

しゃり、しゃり。

いい歯応えで、果汁も甘くてジューシーだ。

「ねえコウ」

「なんだ」

「照れてるでしょ？」

「……否定はしない」

「ふふっ」

アイリスは幸せそうな笑みを浮かべると、俺が眠っている間のことについて教えてくれた。

どうやらリリィとレティシアの二人が事後処理を引き受けてくれたらしく、今回の戦闘についての報告はすでにオクト王まで届いているようだ。

「そういえば国王陛下からコウに伝言があったわ。――『今回もまた貴殿に救われた。心から感謝する。いずれ顔を合わせて礼を告げさせてもらうが、今はとにかく身体を休めてくれ』って」

「じゃあ、お言葉に甘えてのんびりするか」

「ええ、それが一番だと思うわ」

ちなみに王都の人々だが、街に被害が出なかったこともあり、大きなパニックには至らなかったそうだ。

「でも、今日の昼はちょっとした騒ぎがあったのよ」

アイリスの話によれば、俺がボロボロになりながら王都を守ったことが人々のあいだで大きな話題になり、結果、ものすごい数の住民が迎賓館まで押し寄せたらしい。

「皆、コウにとっても感謝してたわ。お礼の品を持ってきた人もいるみたい」

その品はひとまず王宮のほうで預かってくれているそうだ。

明日にでも引き取りに行くとしよう。

そんなことを考えていると、部屋のドアがコンコン、とノックされた。

「ちょっと見てくるわね」

アイリスは椅子から立ち上がり、寝室を出ていく。

そのあいだに俺は最後のリンゴを食べ終え、空になった皿をすぐ近くの小机に置いた。

ほどなくしてアイリスが戻ってくる。

その後ろにはリリィとレティシアの姿があった。

どうやら俺の見舞いに来てくれたようだ。

「コウさん。目が覚めたんですね」

「顔色もかなり良くなりましたわね。わたくし、安心しましたわ」

「おかげさまで元気になったよ。わざわざ来てくれてありがとうな」

「わたくしたちは仲間ですもの。これくらい当然ですわ」

「はい。コウさんが無事で、本当によかったです」

リリィ、そしてレティシアは心から安堵したように頬を緩ませた。

「とりあえず立ち話もなんだし、二人とも座らないか？」

「あっ。椅子を用意するわね」

そう言ったのはアイリスだ。

少し離れたところにあった椅子を取りに行こうとする。

「いえいえ、それには及びませんわ」

アイリスの動きを手で制しながら、レティシアが告げる。

「わたくしたち、お二人の逢瀬《おうせ》を邪魔するつもりはありませんもの」

「そうですね。明日の朝、今度はスララさんも連れてお伺いします」

逢瀬ってなんだ、逢瀬って。

ともあれ、リリィとレティシアは長居をするつもりはなさそうだ。

戦いの後始末も代わりにやってくれたそうだし、疲れているのかもしれないな。

あまり引き留めても失礼だな。

ただ、二人には――いや、アイリスを含めて三人には伝えておきたいことがあった。

「みんなが手を貸してくれたおかげで、今回もどうにか勝てた。本当にありがとうな」

「それはお互い様よ」

クスッ、とアイリスが微笑《ほほえ》みながら答える。

「コウがいなかったら、あたしたち、きっと全滅してたもの」

「そうですね……」

リリィがコクコクと何度も頷く。

「私が戦神様の力を受け継いでも、間に合わなかったと思います」

「いずれにせよ、貴方《あなた》が生きていればわたくしは満足ですわ。——さて、お邪魔虫はそろそろ退散しましょうか。それでは、また明日」

レティシアはスカートの裾を広げて一礼すると、優雅な足取りでその場を去った。

「私も、失礼します。コウさん、アイリスさん、おやすみなさい」

そしてリリィもペコリと頭を下げると、レティシアを追いかけるように部屋を出ていった。

「……二人とも、あっというまにいなくなっちゃったわね」

アイリスが苦笑しながら呟《つぶや》く。

「もう少しゆっくりしていってもいいのに」

「本当に顔を見に来ただけ、って感じだったな」

「気を遣わせちゃったみたいで申し訳ないわね」

肩をすくめながらアイリスは俺の枕元にやってくる。

その背後には大きな出窓があり、月明かりがほのかに彼女の姿を照らしていた。

きれいだな、と。

素直にそう思った。

「レティシアも言ってたけど、コウが無事でよかったわ」

慈しむような視線をこちらに向け、アイリスが言う。

「正直、もう目を覚まさないんじゃないか、って不安だったの」

「俺が？」

「ええ。戦いが終わった後、コウ、死んだように眠っていたのよ。目を離しているあいだに呼吸が止まってるんじゃないか、って不安になるくらいだったわ」

「だからずっと付き添ってくれてたのか？」

「そうね。……でも、それだけじゃないわ」

アイリスはそう呟いて、俺のほうに身を乗り出してくる。

その表情はどこか切なげで、抱えたものが零《こぼ》れる寸前のような気配を漂わせていた。

頬はほのかに紅潮している。

視線をわずかに彷徨《さまよ》わせたあと、ゆっくり口を開いた。

「あたしが、コウと一緒にいたかったの」

その言葉が、いわゆる友情や仲間意識から発されたものではないことは俺も理解していた。

こちらが返事をする前に、アイリスはさらに話を続ける。

「今の距離はすごく居心地がいいし、それがずっと続くなら素敵なことかもしれない。……でも、お互い、自分の身にいつ何が起こってもおかしくないのよね。あたしはもちろん、コウだって同じ。いつも規格外なことばかりだから忘れがちだけど、コウは神様じゃなくて人間だもの。無理をすれば倒れるし、最悪、死んでしまうことだってあるわ。――だから、聞いて」
コホン、と。
咳払《せきばら》いをして、アイリスはあらためて俺のことを見つめる。
赤色の瞳は潤み、宝石のように輝いていた。
そして彼女が何事かを告げようとしたとき――

ギイイイイイイイイイイイイイイイイイイイイイイイイイイイイッ！

それはガラスを爪で引っ掻《か》いたような、たまらなく不快な音だった。
背筋が疼《うず》き、鳥肌が立つ。
俺は思わず耳を塞いでいたが、それでも音は鼓膜を揺らし、脳に怖気《おぞけ》を伝えてくる。
「なに、これ……？」
聞こえているのはアイリスも同じらしく、両手で自分の耳を押さえていた。
音は徐々に小さくなっていき、やがて完全に聞こえなくなった。
今のは何だったんだ？
俺は一息つきながらベッドから立ち上がる。
出窓を開けて外を確認する。
眼下には魔導灯に照らされた庭園が広がっている。
敷地の外には王都の市街地が続いているものの、これといった異常は見当たらない。

「コウ、見て！」

すぐ後ろでアイリスが声をあげた。

右手で空を指さしている。

俺は視線を上に向けて——息を呑《の》んだ。

なんだ、あれは。

一面の星空、その一角がこちらに向かって凹《へこ》み、無数の亀裂に覆われていた。

角にぶつけた卵の殻を内側から眺めたなら、ちょうど今のような光景になるだろう。

星空の亀裂はだんだんと大きくなり、互いに繋《つな》がって、やがて三日月の形となった。

その向こうには深淵《しんえん》の闇が広がっており、紫色の泡が滲《にじ》むように這《は》い出してくる。

「……あれって、もしかして」

アイリスの声は震えていた。

「災厄や大災厄を生み出したっていう——」

「ああ」

俺は頷く。

知らず知らずのうちに奥歯を噛《か》みしめていた。

口の中で、ギリ、と鈍い音がする。

身体の奥で大きな力が渦巻くような感覚があった。

ヤツの存在を嗅《か》ぎ取って、強欲竜も反応しているのだろう。

ゾグラル。

それは災厄でさえ足元にも及ばないほどの脅威にして、思考も感情もなく、森羅万象を呑み込むだけの現象――あるいは、『滅亡』という概念そのもの。

終焉《しゅうえん》を告げる泡が、俺たちの前に姿を現した。

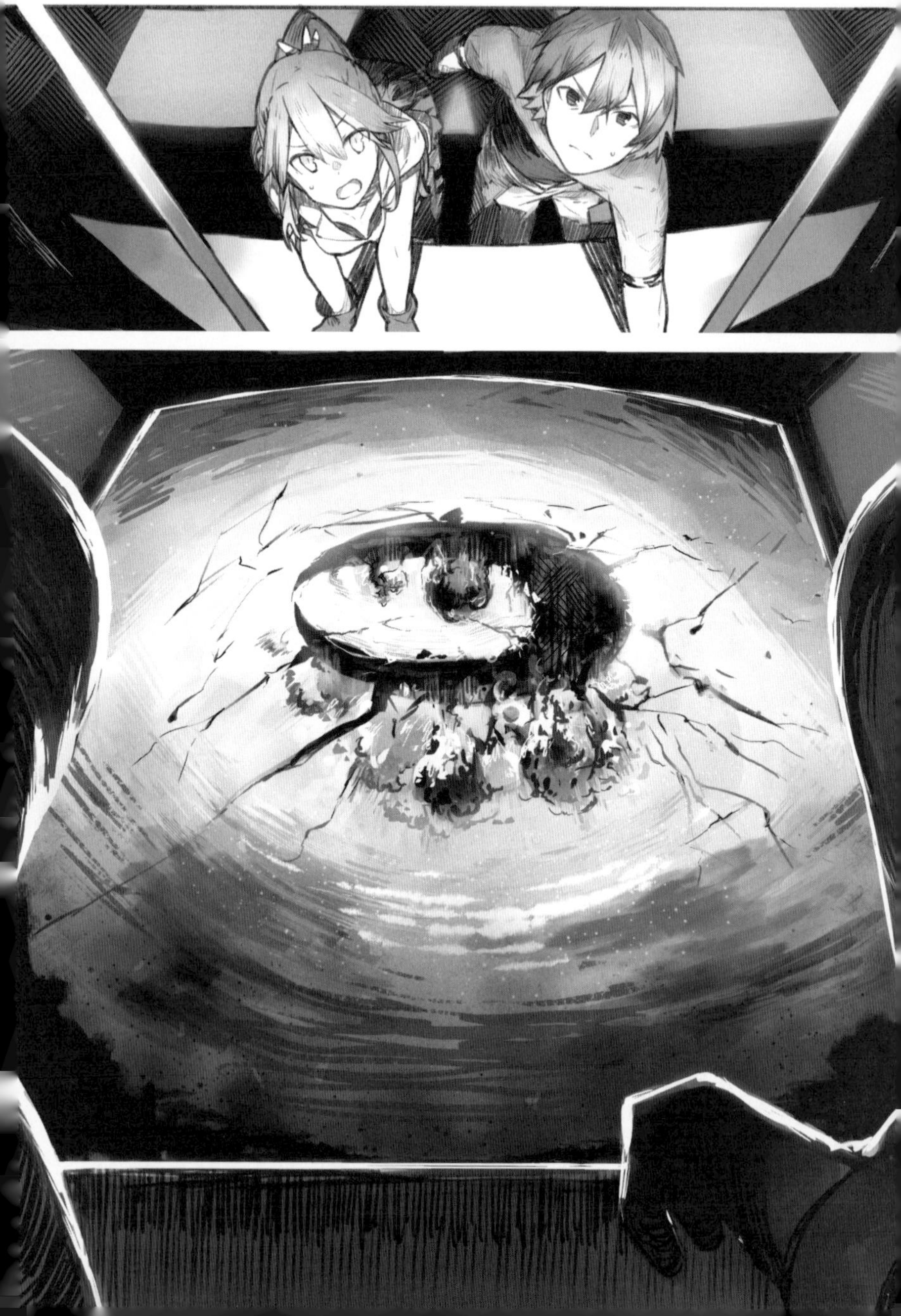

異世界で手に入れた
生産スキルは
最強だったようです。
～創造＆器用の
W《ダブル》チートで無双する～

MFブックス

異世界で手に入れた生産スキルは最強だったようです。~創造&器用のWチートで無双する~ 4

2021年3月25日　初版第一刷発行

著者　遠野九重

発行者　青柳昌行

発行　株式会社KADOKAWA
〒102-8177　東京都千代田区富士見2-13-3
0570-002-301(ナビダイヤル)

印刷・製本　株式会社廣済堂

ISBN 978-4-04-680323-8 C0093

企画　株式会社フロンティアワークス

担当編集　ヘンシャル・エイマン/齋藤 傑(株式会社フロンティアワークス)

ブックデザイン　AFTERGLOW

デザインフォーマット　ragtime

イラスト　人米

本シリーズは「小説家になろう」(https://syosetu.com/)初出の作品を加筆の上書籍化したものです。

MFブックス
MFブックス新シリーズ発売中!!
雷帝の軌跡
～俺だけ使える【雷魔術】で異世界最強に!～
著 平成オワリ
ill. まろ
STORY
雷神の手違いにより異世界へ転生したシズル。破天荒な父や、優しき婚約者ルキナと接しながら彼は世界でただ一人の雷魔術師として成長していき――。生まれ持った【雷神の加護】で強敵すらもなんのその!? これは唯一無二の少年が【雷帝】へ至るキセキの物語。
手にしたのは
自分だけが使える
《雷魔術》!!

21年1月より
TVアニメ
放送開始!
人生やり直し
王道の大河転生ファンタジー!
CAST
ルーデウス／内山夕実
ロキシー／小原好美　エリス／加隈亜衣
シルフィエット／茅野愛衣　パウロ／森川智之
ゼニス／金元寿子　リーリャ／Lynn
ルイジェルド／浪川大輔　前世男／杉田智和
©理不尽な孫の手 /MF ブックス /「無職転生」製作委員会
「無職転生～異世界行ったら本気だす～」
原作シリーズ大好評発売中!!
著：理不尽な孫の手　イラスト：シロタカ